虎狼の企み

剣客奉行 柳生久通 4

藤 水名子

時代小説

二見時代小説文庫

目次

虎狼の企《たくら》み——剣客奉行 柳生久通《ひさみち》 4

序

※

陽射しが、真夏のように強い。

若々しい四肢に漲《みなぎ》る熱気が、見る者の体にまで汗を滲《にじ》ませる心地がする。

若衆たちが口々にはりあげる威勢のよいかけ声は、お囃子《はやし》の音すらかき消し、怒号のようにあたりを席巻《せっけん》していた。

(まるで、戦場《いくさば》のようだ)

久通《ひさみち》は内心辟易《へきえき》している。

神輿《みこし》の行列が往来を通り過ぎるまで、自由に先へ進むこともできない。大勢の見物客で道は塞《ふさ》がれ、先へ進むどころか、身動きすらもろくにできない状態だ。

人いきれで、眩暈《めまい》がしそうだった。

祭りの日に、うっかり神輿の通り道になど足を踏み入れるものではない。江戸市中に暮らして四十数年。それくらいのことはよくわかっていた筈《はず》なのに——。

（うっかりしていた……）

悔いても悔いても、悔い足りない。

奉行所を出て、そのまま いつもの癖で御門《ごもん》を出た。何処《どこ》へ行く、というあてはなかったが、兎《と》も角《かく》御門の外へ出て、何処か肩の凝らない場所へ行きたい、という願いだけがあった。

今日は登城の日であったため、昼過ぎまで城中にて老中に目どおりした。午後になって漸《ようや》く役宅に戻り、裃《かみしも》を脱いで奉行所に赴《おもむ》くと、山積みの訴状が彼を出迎えた。

奉行が裁決せねばならぬ問題は、罪人の処罰ばかりではない。盗みや殺しの下手人《げしゅにん》を捕らえ、裁くのは、寧《むし》ろ火盗改《かとうあらため》の仕事であり、町奉行の職務の中のほんの一部に過ぎなかった。火盗改の頭《かしら》が仕事熱心で有能な者であれば、凶悪犯が町方に捕らえられるなどということは当然少なくなる。凶賊の探索にかけては、彼らのほうがずっと上だ。

町奉行の職務は、訴状を読んでその内容を吟味し、手に余るものは吟味方に調書《しらべがき》を提出し、老中や将軍家の裁決を仰ぐことにある。殆ど、屋内での事務処理だった。

久通は、城中にて長らく目付を勤め、小普請奉行も二年間勤めた。その種の仕事にこそ慣れている。

慣れてはいるが、必ずしも好んではいない。それ故窮屈な城勤めの息抜きにと、密かに屋台の買い食いを楽しんでもきた。

(そういえば、江戸の祭りが見たい、と言っていたが本気であろうか)

窮屈な人波に揉まれながら、久通はふと、離れて久しい女のことを想った。

(馬鹿な。……あれはあの夜限り、あの場限りの戯《たわむ》れではないか)

慌ててその面影を打ち消したとき、

「お奉行様ッ!」

突如《とつじょ》素っ頓《とん》狂《きょう》な大声で呼びかけられ、久通は画然《かくぜん》我に返った。

「お奉行様ではありませぬか!」

見れば、人波を強引にかき分けながらこちらに近づいてくる者がある。

「すまぬ。…通してくれ。すまぬな」

口では殊勝に詫びつつも、かなり強引にまわりの者を押し退《の》けているため、皆迷惑そうな顔をしていた。

迷惑そうにしていながらも我慢したのは、その者が黒紋付きに二刀を手挟《たばさ》む武家風《ふう》体《てい》――それも、ひと目でわかる町方同心であったためだろう。

祭りの人混みに掏摸《すり》や喧嘩はつきものだ。それ故定《じょう》廻《まわ》りの者が見廻ること自体不思議はない。

問題は、その同心が誰か、ということだ。

(三木《みき》？　三木ではないか⁉)

久通はその場で凍りついた。

「ああ、やっぱりお奉行様ですね」

群がる人波をかき分けかき分け久通の前までやって来たのは、弱冠二十歳そこそこの新米同心――といっても、奉行所勤めという意味では久通よりやや先輩にあたるが――三木一之助《いちのすけ》である。

「ここでなにをしている、三木」

少しく眉を顰《ひそ》めて、久通は三木を見た。

「このあたりの町会所を見廻った帰りでございます」

「そうか」

久通は無意識に肯《うなず》く。

毎日奉行所に無駄口をたたきに来ているかのような軽佻《けいちょう》な三木を久通はあまり好まず、そのため筆頭与力の和倉藤右衛門《わくらとうえもん》は、彼に町会所見廻りを命じた。

朝、奉行所に出仕してから市中の町会所を廻り、日が暮れる前には仕事を終える。なにか特別な用事でもない限り、奉行所に立ち寄る必要はなく、そのまま帰宅する。

そのため久通が三木の顔を見る機会は格段に減った。

(存外《ぞんがい》真面目に勤めておるのだな)

久しぶり見る三木の顔は、外に出ることが多くなったせいか、少しく日焼けしているようだ。

そのため奉行所にいた頃よりも幾分引き締まって見る。

「お奉行様は御神輿見物でございますか？」

「い、いや……」

無遠慮な口調で問い返され、久通は閉口した。人通りの多い往来で「お奉行様」を連呼する三木の無神経さと、そのおかげで曝される好奇の視線に——。

が、幸い神輿を担ぐ若衆たちのかけ声と、歓喜する見物人の声とが、その大半をかき消してくれた。

「お疲れでしたら、この先の町会所でしばしお休みになられませぬか？」

「え？」

「本日は振舞酒《ふるまいざけ》も出ておりますし、町名主やこのあたりのお店《たな》の主人たちも大勢集まっていて、楽しゅうございますよ」

「奉行の俺が、町衆に酒をふるまってもらうわけにはゆかぬだろう。……まさか、お前は飲んでいるのか、三木？」

つと、厳しい顔つきになって久通が問うと、

「お勤めの最中に、斯様《かよう》な真似はいたしません」

屈託のない様子で三木は答える。

「行く先々で勧められ、断るのに往生《おうじょう》いたしました。勤めが済んだら馳走《ちそう》になる、と約束させられて……先ほど立ち寄った会所が最後故、本日の勤めはこれにて仕舞いでございます。それ故一軒目の会所に戻って祭りの酒を馳走になります」

「そうか」

「ですから、お奉行様もどうかご一緒に——」

「いや、俺は……」

三木の、多少強引な誘いに戸惑いながらも、久通は多少見直す思いで彼を見る。

祭礼の当日故、各町会所は訪れる者たちに酒をふるまっている。顔見知りの同心が見廻りに来れば、「どうです、旦那も一杯」と勧めるのは当然の社交辞令だ。久通の知る三木であれば、そうしたお愛想を易々と受け容れ、行く先々で一杯ひっかけていても不思議はないのに、きっちり断っている、と言う。そういうけじめのつけ方は、嫌いではない。

それに、大声で「お奉行様」を連呼されるのは困りものだが、路上の人混みに久通を見出してから、彼の面前まで到ってからも終始、三木からは一片の悪意も感じられなかった。

道端で久通と出会《でくわ》したのが心底嬉しくて小走りに駆け寄り、それ故本気で誘っている。

町会所見廻りという、奉行所からも出世からも遠ざかる役目を与えられたというのに、少しも久通を恨んでいないらしい。久通にはそれが意外でもあり、少々後ろめたくもあった。

「ねえ、行きましょうよ、お奉行様。これから夜まで、会所にはお祭りの差し入れが届くんです。鯛《たい》とか鰻《うなぎ》とか、ご馳走がてんこ盛りですよぉ」

「し、しかし、三木、俺は……」

「お奉行だとか町衆だとか、そんなの、今日一日はなしですよ。お祭りなんですから」

腕をとり、強引に誘う勢いの三木に、久通は容易《たやす》く圧倒された。

「皆と祭りの酒を飲めば、きっとお疲れも癒えますよ」

「…………」

実際、疲れてもいたのだろう。近頃、裃を着けて登城すれば、それだけで丸一日徹夜したくらいの疲労をおぼえる。

「で…では、しばし寄らせてもらおうか」

「ええ、行きましょう、行きましょう」

殆ど、三木に手をとられたような状態で、久通は歩を進めた。進めるしかなかった。

（こやつ……）

久通は内心泣きたくなった。

久通の目には頼りなく映った三木も、己の分にあった勤めを与えられればそつなくこなし、心に余裕も生じる。

そんな三木の目から見て、久通の様子は余程ひどいものだったのだろう。部下に憐れまれていると思うと、我ながら情けない。

（俺はとんだ了見違いをしていたのかもしれんな）

そもそも、三木を苦手《にがて》としていたのは久通側の勝手な思い込みで、三木にとっての久通は常に尊敬すべき立派なお奉行様だった。それはいまなお変わっていない。

お喋り好きの軽佻浮薄《ふはく》な若者も、他の者の目には親しみやすい人柄と映るのかもしれないし、その屈託のない馴れ馴れしい物言いを年配の町名主たちからは息子のように愛されているのかもしれない。

（人というものは、一面から垣間《かいまみ》見えるものだけを見て、それでそのもののすべてを知った気になってしまう。だが、表と裏、少なくとも二面は併《あわ》せ持つ。……或いは、それ以上幾つもの顔を持つものもあろう）

三木のあとに続いて人波の中を進みながら、久通は己に言い聞かせていた。

三木が強引に人波をかき分けてくれるおかげで、最前よりも格段に足が進みやすくなっていた。

神輿はもう随分遠ざかって行ったのか。戦場の怒号のようだった喚声も、次第に鎮まりつつあった。

※　※

赤地に白格子を染め抜いた派手な印半纏《しるしばんてん》が、終始往来を行き来していた。

おそらくこの町内の若衆たちだろう。

「よく来てくれましたね、三木の旦那。さ、まずは駆けつけ三杯だ」

「今夜は帰しませんからね」

「肴《さかな》もおあがりよ、いっちゃん。から酒は体に悪いからね」

会所での三木の人気は、久通が想像していた以上のものだった。

「上役の方も、どうぞ――」

同行した久通に一応気を遣ってはくれるものの、「奉行」の身分は伏せているため、
彼らは久通を与力の一人くらいにしか思っていない。それも、年齢風体からして、最末席の与力と思い、侮《あなど》っているのだろう。

「三木さん、もう一杯――」

「いっちゃん、これもお食べよ」

三木の前には、ひきも切らずに人がやって来て、あれこれ世話を焼いている。

なのに、その隣りに座った久通の盃《さかずき》がとっくに空《から》になっていることには全然気づいてくれない。

(いっちゃん、と呼ばれておるのか。大層な人気者だのう)

だが久通は密かに感心し、それを好もしく思った。

奉行所の同心が見廻り先で人望を得るのは有り難いことだ。これだけうちとけて話をしているのだから、なにか事件が起こったときには、率先して協力してくれる筈だ。

それだけでも、三木には町方の資質があった、ということだろう。

それをうっかり見過ごしていた己の不明を、久通が内心激しく恥じたときだった。

「た、大変だッ」

派手な印半纏の若衆が一人、息を切らして会所の中へ飛び込んできた。

「喧嘩だよッ」

真っ赤に上気した顔で、若衆は喚《わめ》く。

「なに、喧嘩だと?」

既に酔いのまわった三木が、やおらその言葉に反応した。

「あ、三木の旦那、ちょうどよかった」

三木とほぼ同い年に見えるその若衆は三木を見ると忽《たちま》ち安堵したようだ。

「五平《ごへい》おやじの店で、隣り町の奴らと見たこともねえ連中が揉めちまって……」

「見たこともない連中とは?」

存外冷静な口調で三木が問い返すと、

「とにかく、このあたりのもんじゃねえってことですよ。奴ら、刃物までちらつかせやがって……」

若衆は懸命に言い募る。

「なに、刃物だと？」

「祭りに喧嘩はつきものとはいえ、刃物で刃傷《にんじょう》沙汰はまずいぞ、三木」

三木の耳許《みみもと》に、すかさず久通が低く囁《ささや》く。折角《せっかく》なので、揉め事を解決する三木の手際を見ておきたいと思った。すると、

「はい」

三木は直ちに立ち上がり、

「案内してくれ」

若衆とともに会所を出たので、当然久通もそのあとに続いた。

(刃物と聞いても、顔色も変えぬとは、なかなかに頼もしいではないか)

三木と若衆の若々しい足どりにあわせて足を速める。既にあたりは暮れ落ち、軒下《のきした》の提灯《ちょうちん》には火が点《とも》っていた。

「この中橋広小路《なかはしひろこうじ》は、日本橋《にほんばし》と京橋《きょうばし》のちょうど真ん中くらいにあたるんです」

先に立って歩きながら、至極落ち着いた口調で三木は述べた。

「それ故、若衆同士のあいだで諍《いさか》いが絶えませぬ」

「そうなのか」

「祭りともなると、昼間から酒をくらっておりますので、悪酔いした連中同士がそこいらじゅうで摑み合いでございます」

「目に余るようなら、番屋へしょっ引かねばなるまいな」

「祭りの日には、どこの番屋も酔っぱらいでいっぱいでございます」

「困ったものだのう」

言い合ううちに、ほどなく五平の店の前に来た。

店は、会所から南伝馬町方向へ向かって二つ目の辻にあった。

「なんだとう！　てめえ、もういっぺん言ってみやがれ！」

「ああ、何度でも言ってやらあ！　この唐変木《とうへんぼく》めッ」

「てめえ、ぶっ殺すぞ」

「上等だッ、やってみやがれ！」

激しく言い合う声が、近づくほどに響いてくる。

店の外に、数人ひっくり返っている者がいるのは、既《すで》にひと悶着あったためだろう。

「ああ、こいつはひでぇ……」

その様をひと目見るなり、三木はさすがに顔色を変えた。久通が見ている以上、ここはいいところを見せねばならない、ということに、今更ながらに気づいたのだ。

「ったく……そもそも、飲み過ぎなのだ」

ぼやきつつ、縄のれんに手を掛けようとした三木の脇を、だがそのとき、風のようにすり抜ける者があった。

「やいやい、楽しい祭りの日にくだらねえことでめくじら立ててやがるのは、どこのどいつだッ」

すり抜けて店の中に入るなり、そいつは声高に言い放つ。

束の間、一陣の風が吹き抜けたかと錯覚したのは、そいつの纏《まと》った長半纏の裾《すそ》が大きく翻《ひるがえ》ったせいだろう。

「この、《煙管《きせる》》の勘太《かんた》さまの目の前で、くだらねえ喧嘩は許さねえぜ」

（《煙管》の勘太？）

久通は縄のれん越しにそっと中を覗き込む。

そこには、背に竜の模様を鮮やかに染め抜いた派手な長半纏の背中だけが見えた。

店の中は存外狭く、激しく息巻いて対峙《たいじ》する男たちの間に彼が立つと、土間はほぼいっぱいである。

「あ、勘太だ！　やっぱり来た」

同じく店の中を覗き込んだ三木が忽ち目を輝かせた。

「誰だ？」

「勘太ですよ。煙管職人の――」

「だから、《煙管》の勘太か。わかり易いな」

久通は手放しで感心する。

「喧嘩や揉め事をおさめるのが大好きで、このあたりでなにかあると必ず来てくれるんです」

「来てくれる？」

久通が訝《いぶか》るうちにも、

「え、どうなんだ、おい？　これ以上、まだガタガタぬかすってんなら、おいらが相手になってやるぜ、兄さんたち」

勘太は更に声を張りあげる。

店内はシンと静まっていた。店主の五平は厨《くりや》の柱の影から恐る恐る様子を窺《うかが》うばかりである。

「どうせつまらねえことでついカッとなっちまったんだろうよ。違うかい、え？」

「…………」

「どうなんだ？　いってえ、なにが切っ掛けで争いがはじまったんだよ？」

「そ、それは……」

勘太に問い詰められ、ともに三十がらみの、色の違う祭り半纏を羽織った男たちは見る間に元気がなくなった。

「まだ続きをやんのか？　表へ出るか？」

「…………」

二人とも項垂《うなだ》れるばかりで返事をしない。

「これ以上やる気がねえなら、表でのびてる仲間を連れて、とっととけえんな。てめえらの祭りはもうおしめえだよ」

「ああ」

「帰るよ」

二人はともにはじめから仲間であったかのように連れだって店を出ようとした。それを、

「あ、ちょっと待ちな」

勘太がふと呼び止める。

「酒代は？」

「え？」

「酒代は払ったのかって聞いてんだよ」

「あ、ああ……」

二人が慌ててそれぞれの懐《ふところ》をまさぐり出すと、

「ああ、お代はけっこうでございます」

店主の五平が、店の奥で震えながらもすかさず言った。

「いいのかい？」

勘太が念を押すと、

「今日は、明神様《みょうじんさま》のお祭りでございますから」

今度は存外冷めた声音で五平は答える。よくあることだ、と半ば諦めてもいる。

隣り合う二つの町の若衆が同じだけ出入りする場所に店を構えた以上、両方の町の者が飲みに来てくれて繁盛する反面、喧嘩になることも屢々《しばしば》だ。それ故、店が損壊するほどの大事になりさえしなければそれでいい。

「ま、また来るよ」

「今度はちゃんと払うから」

二人は口々に言い、そそくさと縄のれんを跳ねあげて、店の外へと出て行った。

但し、店の外に寝転がっている仲間を一人一人起こすのは骨が折れることだろう。なにしろ、泥酔の上で殴り合いに及んだのだ。容易なことでは正気づかない。

「おや、三木の旦那じゃねえですかい」

勘太が、ふと三木のほうを顧みた。

まだ若い。或いは三木と同じくらいかもしれない。通常職人の修業は、どのような職種であれ、一人前になるのに十年はかかると言われる。もし煙管職人だというなら、まだ修業中の小僧ではないのか。

そう疑いたくなるほど、その頰は若々しく少年のように紅潮している。

「さては、誰かが番屋へご注進にあがったんですねぇ。すみませんね、ですぎた真似して、旦那のお株を奪っちまって」

「いや、勘太が来てくれてよかった。矢張り、喧嘩の仲裁は勘太でなければ……」

「いえいえ、三木の旦那がこのあたりを見廻るようになってからってもの、めっきり揉め事が減りました」

「いやいや、すべて勘太のおかげだ。礼をせねばならんな。どうだ、酒をおごろうか？」

「そういや、旦那、ご機嫌じゃねえですか。もうしこたま飲まれたんじゃありませんか？」

「わかるか？　はははは……」

久通が苦い顔つきで聞いているとも知らず、三木はひどく親しげな口調で勘太と言葉を交わしている。

(なるほど、そういうことか)

久通は久通で、二人を見るうちぼんやり察することがある。

刃物を手にしての喧嘩騒ぎと聞いても、三木が全く恐れることなく出向いてきたのは、頼もしい助っ人が駆けつけてくれることを期待していたからに相違なかった。

(相変わらず、ちゃっかりしておる)

だが久通は、最早《もはや》それを悪意で受け止めようとはしなかった。

己の手には余ることでも、手助けしてくれる者があり、それを為せるのであれば、それもまた、その者の備えた徳というものだろう。

(見廻りの同心が、町衆と馴染《なじ》むのはよいことだ。そのおかげで、三木のような未熟者でも、どうにか日々のお勤めができている)

久通は思い、納得した。

だが、その一方では、

（しかし、この勘太という男、何故都合よく喧嘩や揉め事の場に現れることができるのであろうか）

一見堅気《かたぎ》とは思えぬその派手な長半纏の男のことが、妙に気になった。

※　※　※

「そやつはおそらく、仲裁屋《ちゅうさいや》でございますな」

久通の話を聞き終えるなり、事も無げに風間市右衛門《かざまいちえもん》は答えた。

内《うち》与力として役宅に来たのはついこのあいだのことなのに、もう十年来当家に仕《つか》えているかのごとく振る舞い、しかも有能だ。のみならず、市井《しせい》の事情にも能《よ》く通じていた。

「仲裁屋？」

「はて、そうした呼び名であるかは存じませぬが、市井にはそういうことを生業《なりわい》にしているものがおるのでございます」

「喧嘩の仲裁を生業にしているのか？」

「はい。鉄火場や祭礼の日の御門前など、屢々揉め事の起こる場所はある程度限られております。そうした場所を仲間に見張らせ、なにか事が起これば知らせるようにさせておるのでございます」

「なるほど、それで都合よく喧嘩の場に現れることができるわけか」

事も無げに答える風間の博識ぶりに、久通は手放しで感心したが、

「だが、それが何故生業になるのだ？　生業というからには、報酬を得ねばならぬ筈だが、一体誰が奴に金を支払うのだ？」

すぐに首を捻って問い返す。

「店の主人から、謝礼をもらうのでございます。……まあ、鉄火場などは、そのために腕の立つ浪人者を用心棒に雇っておりましょうから、入り込む余地はございませぬが、小さな茶店や居酒屋など、店で暴れられて商売ができなくなって困る者たちは、小遣い程度の金を払っても仲裁屋を雇います」

「なるほど」

「それに、裕福そうな大店《おおだな》の主人とみるや、一方的に因縁をつけ、喧嘩をふっかける者がおりますが、そういう者は大概《たいがい》仲裁屋と申し合わせており、小遣い稼ぎをいたす

ようでございます」

「それでは、騙《かた》りではないか」

「如何《いか》にも騙りではございますが、強請《ゆす》りや強盗に比べれば、ずっと罪は軽くすみまする。そもそも、仲裁屋との謀議が露見せねばよいわけですから」

「ふうむ、確かに、人を傷つけるわけでも、いやがる者から無理矢理金品を奪うわけでもないからのう。……しかし、よくもまあ、左様なことを思いつくものだ」

「悪人もいろいろでございます。力も度胸もある者でしたら、手っ取り早く押し込みで稼げましょうが、度胸のない者は知恵を使うよりございませぬ」

風間はどこまでも淡々と述べ、それ以上久通が言葉を発さずにいると、綺麗に食べ終えたその膳を捧げ持ち、静かに部屋を出て行った。それをぼんやり見送ってから、

(はて、《煙管》の勘太なる者は、どうであろうか)

久通は改めて考え込んだ。

もしも勘太が小遣い銭めあての小悪党であった場合、それを知らずに勘太を頼りにしている三木一之助は、間接的に悪党の手助けをしていることになる。しかし、知った上で見て見ぬふりをしているとすれば、最早共犯関係にあることになり、奉行として見過ごすことはできなくなる。

（まさか、あの三木に限ってそれはあるまい）

久通は懸命にそれを打ち消した。

すべては、勘太が悪人であると仮定してのことである。もとより、彼が真面目な煙管職人で、純粋な人助けのつもりで揉め事の仲裁をしているのであれば問題ない。

だが、堅気の職人にしては少々派手すぎる気がする長半纏の背中の竜を思い出すと、どうしても、いやな疑念を払拭しきれぬ久通であった。

第一章　よく似た女

一

「なに、斑《ぶち》が餌を食べないだと？」

大きな湯飲み茶碗一杯に注がれた温《ぬる》めのお茶をひと息に飲み干すなり、楠本新三郎《くすもとしんざぶろう》はやや眉を顰めて問い返した。

「………」

久通は答えず、黙って新三郎を睨み返す。

（こやつ、さては態《わざ》と言っておるな）

内心の不満を喉元で堪《こら》えつつも、

「斑ではない。雪之丞《ゆきのじょう》だ」

久通は真顔でその誤りを正した。

二人のあいだでは、もう何度も交わされたやりとりである。挨拶のようなものだ。どちらかが根負けするまで続くだろう。

「斑はいくつになる？」

そして、新三郎は一向悪びれない。

「拾ってから、そろそろ十年になるが……猫の寿命にはまだまだ早かろう」

「まあ、何事もなければ二十年は生きると言われているが、なかなか、そこまで生きられる猫は少ないようだぞ」

「そ、そうなのか？」

「ああ、餌を己で獲らねばならぬ野良猫の中には、ほんの五、六年しか生きられぬものもおる」

「雪之丞は野良猫ではない」

「ああ、斑のように家の中で大切に飼われておれば、獣《けもの》に襲われる虞《おそれ》も、飢えることもないのだから、病《やまい》にでも罹《かか》らぬかぎりは、長生きするであろうが……」

「で、では、病なのか？」

久通は顔つきを改め、少しく身を乗り出す。

「いや、今年の夏は殊《こと》の外《ほか》暑さが厳しかった。多少食欲がおちるのも致し方あるまい」

「ああ、暦《こよみ》の上では既に秋だというのに、未だに暑い。俺も食欲がないぞ」

「しかし、猫という生き物は、寒さには弱いが、暑さに強い生き物であるとも言われている」

その言葉を、一言たりとも聞き漏らすまいという姿勢で聞き入る久通を、のらりくらりと新三郎ははぐらかす。

「おい、新三郎——」

久通はたまらず語調を荒げた。

「いい加減にしろ。俺を嬲《なぶ》る気か」

「………」

新三郎は声をたてずに忍び笑っている。

もとより、嬲る気満々である。

北町奉行ほどの立派な武士が、愛猫《あいびょう》の体調をいちいち気に病み、新三郎の言葉にヤキモキしている様が内心可笑《おか》しくてならない。

そもそも、人を診るべき医師である自分に衰弱した子猫を押し付け、

「なんとかしてくれ」

と言ってきたときから、新三郎は、見かけの端正さとは裏腹な、久通の迂闊《うかつ》な気性に呆れていた。と同時に、剣を生業とする家に生まれ、幼少時よりその修練に明け暮れていた竹馬《ちくば》の友を、はじめて愛《いと》おしい存在に思えた。

同じ武家でも、剣術家の家と医師の家の子とでは、育ち方が全く違う。

新三郎は、医家の三男に生まれ、父や兄たちと同じく医師になるための教えをうけて育った。当然、多くの書物を読むよう義務づけられる。子供の頃の新三郎には、それが重荷だった。

武士たる者、剣の道に生きたい、と望んだ。それ故、誰より熱心に剣術修行に励む久通のことが羨ましくてならなかった。羨ましさは即ち妬《ねた》みにも通じる。それ故、久通に対する新三郎の感情は些《いささ》か複雑であった。

「俺は真面目に聞いてるんだぞ、新三郎」

「だから、真面目に答えているではないか。いつも言うておるが、俺は人を診る医者で、猫の医者ではないわ」

「仕方がなかろう、猫の医者がおらぬのだから……」

「御城中には、上様のお馬を診る馬医がおるだろう」

「貴様！　雪之丞を、馬医者に診せろというのか！」

久通の口調はまた一段と荒くなる。

「人の医者よりはまだ、獣の体のことがわかるのではないか」

「貴様、雪之丞を獣呼ばわりとは……」

「人ではない以上、獣は獣だ」

「……」

久通は不機嫌に口を閉ざし、視線を逸らした。

（馬鹿にしおって……）

腹立たしくてならないが、新三郎の言うことがもっともすぎて返す言葉もない。

午後の強い陽射しが、容赦なく庭に射し込めている。

庭先の草木はもう何日も強い陽射しに曝《さら》されるまま、ろくな水も得ていないというのに青々と茂っていた。

（名もなき雑木雑草というものは、実に丈夫にできている。逆に、職人が手厚く世話をしているような植木は弱い。手入れを怠れば、忽《たちま》ち枯れ朽ちる）

思うともなしに久通は思い、視線を新三郎の面上へと戻す。すると、

「とはいえ、斑……いや、雪之丞が餌を食べぬのは矢張りこの夏の暑さに負けたせい

かもしれんな。如何に暑さに強い猫とて、度が過ぎれば暑気中《しょきあた》りもしよう。なんなら、知り合いの馬医を紹介しようか？　俺よりは、猫の体に詳しい筈だ。頼まれて、時折金持ちの飼い猫などを診ているようだしな」

さすがに揶揄《からか》いすぎたと反省したのか、新三郎は真剣な顔つきで言う。

「そうだな」

肯《うなず》きつつも、久通の顔色は依然として冴えない。

本格的な医者に診てもらうとなると、それはそれで気が重い。もし万一、雪之丞が重い病に罹っていると知らされたら、どうすればよいのか。平静でいられるかどうか、久通には自信がなかった。

それ故、その身を案じつつも、

「俺には猫のことはわからんッ」

とぞんざいに言い返してくる新三郎に相談しているくらいが、ちょうどよいのだ。

「暑気中りとすれば、どのように処置すればよいのだ？」

「吐き下しをともなう人の暑気中りであれば、五苓散《ごれいさん》を処方し、風通しのよいところで寝かせておく。……だが、雪之丞には吐き下しの症状はないのであろう？」

「ああ、それはない」

「では、いま少し様子をみるのだな。ただの気まぐれかもしれぬし」

「ああ、そうしよう」

久通は不得要領《ふとくようりよう》に肯いた。

「それにしても、この暑さ、どうにかならぬか、お奉行様」

「奉行とて、どうにもできぬことはある」

ニコリともせずに言い返し、久通ははじめて己の前に置かれた茶碗を手に取った。少し冷めるのを、待っていたのだ。

（俺にも、はじめからぬるい茶を出してくれればよいのに）

思いつつ、久通は茶を飲んだ。

新三郎の言うとおり、この夏の暑さは尋常なものではなかった。雨も少なく、おかげで田はすっかり乾涸《ひか》らびてしまい、秋の収穫も見込めないらしい。いまから飢饉に備えねばならない。

また、このような年には屢々《しばしば》流行病《はやりやまい》が蔓延すると聞き、夏が過ぎてもなお、久通は足繁く養生所へ通っていた。

「また来たのか」

その度、新三郎は顔を顰める。

「仕方あるまい。これも勤めだ」

涼しい顔で久通は応じるが、本来ならば見廻りの同心がたまに立ち寄ればいい話である。

しかも、勤めだと言いながら、涼しげな絽《ろ》の着流しという軽装であった。一旦上がり込めば膝を崩して胡座《あぐら》をかき、寛《くつろ》いだまま何刻も居座る。

到底勤務中の町奉行には見えなかった。

正直いって、ここは奉行所よりもずっと居心地がよい。

苦しむ病人を見るのは辛いが、病人たちのためにキビキビと働く医師や下働きの者たちを見るのは決していやなものではなかった。

久通の部下の与力や同心たちも、勿論《もちろん》よく働いている。殊に、日に何度も市中の見廻りを怠らない定廻り同心たちの勤勉さには頭が下がる。

が、その一方で、ろくに見廻りにも出ず、終日御用部屋や同心溜りでくだらぬ雑談ばかりを繰り返す者たちの怠惰さが気に障《さわ》る。こやつらは、ただ毎日奉行所に出仕することだけで扶持をいただいているのかと思うと、腹が立って仕方ない。

(あいつらは扶持泥棒だ)

口には出さぬが、久通は内心そう思っている。

口に出せないぶん苛立《いらだ》ちは募り、つい役宅に引き籠もって雪之丞の頭でも撫でていたくなるが、その雪之丞の機嫌がこのところあまりよろしくない。

久通を見ても素通りして行ってしまうし、餌も食べたり食べなかったりしているようだ。

「病だろうか？」

「さあ……さほど苦しげにしているようにも見られませぬが」

半兵衛《はんべえ》も頻《しき》りに首を傾げていた。

「風間はどう思う？」

風間にも尋ねてみたが、

「それがしも、猫のことはよくわかりませぬが……」

なんでもそつなくこなす物知りの風間にしては、珍しく心許《こころもと》なげに口ごもった。

「これまで仕えてきたお屋敷の中に、猫を飼っている家はなかったのか？」

「犬を飼うておられる家はございましたが、猫は……」

「そうか」

久通は少しく落胆したが、それは言っても詮《せん》ないことだ。

医師の新三郎に聞けばなにかわかるかと半ば期待し、だが半ば諦めてもいた。様子がおかしいといっても、いまのところ、目に見えて弱っているという印象はない。

そもそも猫は気まぐれな生き物だ。

何故餌を食べぬか――或いは食べたくないのか。その真意は、おそらく当人（猫）にも、よくわかってはいないだろう。

二

（いやな話を聞いたものだ）

その日養生所からの帰路、久通の足どりはひどく重かった。

折角気晴らしのつもりで養生所を訪ねたのに、訪ねる前よりも重苦しい気分で帰らねばならなくなるとは、夢にも思わなかった。

「近頃市中に、タチの悪い騙《かた》りの一味が横行してはいまいか？」

帰り際、新三郎が不意に問いかけてきたときには、彼が一体なにを言い出すのか、久通には皆目見当《かいもく》がつかなかった。

少なくとも、「騙り」などという言葉は、真摯に命と向き合う養生所の医師が口にするには不似合いすぎる。

「騙りの一味、か？」

眉を顰めて久通が問い返すと、

「もう四、五日前のことになるが、大川で身投げをはかった男が瀕死の状態で担ぎ込まれてきた。六十がらみの、商家の主人といった風情《ふぜい》の男だ」

ひどく沈鬱な顔つきで新三郎は話し出した。

てっきり、身投げした溺死者を救えなかったという愚痴《ぐち》かと思いきや、

「どうにか一命は取り留めた」

と言う。

（ならば、一体なにが問題なのだ）

久通はいよいよ訝《いぶか》った。

「だが、命は取り留めたものの、ものも食わねば、何を問うても一言も答えぬ」

新三郎の口調はいよいよ暗くなる。

「溺死しかけて、口がきけなくなったのか？」

「いや、自ら命を断とうとした者にはよくあることで、それ自体は特段珍しくないのだが」

と断ってから、

「ところが、昨日あたりから漸《よう》く飯を食うようになってな。こちらの問いにも、少しずつ応えはじめた」

「そうか。それで、身寄りはあったのか？」

「ない」

「え？」

「女房と息子がいたが、二人とも亡くなったそうだ」

あとは新三郎が一方的に話し、久通は黙って聞いていた。

身投げをした男の名は伝右衛門《でんえもん》といい、下谷《したや》の同朋町《どうぼうちょう》で小料理屋を営んでいた。四十を過ぎて授かった息子は父親の後を継《つ》ぐつもりで料理の修業に励み、店もそこそこ繁盛していた。

繁盛はしていたが、息子が一人前の料理人となり、嫁をもらう頃には、もっと大きな店を出し、息子夫婦に継がせたいと伝右衛門は考えていた。

そんなある日のことだ。

一人の男が、まだ仕込み途中の伝右衛門の店にやって来た。遊び人風の若い男だが、激しく息を切らせて駆け込んできて言うには、自分は伝右衛門の息子・伝次郎《でんじろう》の使いの者である、伝次郎は破落戸《ごろつき》同士の喧嘩に捲き込まれて怪我をした上、破落戸の仲間と見なされて番屋にしょっ引かれてしまった。一刻も早く解き放ってもらって医者に診せねば怪我の具合が心配だ。

ついては、同心と目明かしに袖の下を握らせればなんとかなるだろうから、使いの男に金を持たせてくれ、と。袖の下が遅れると、最悪の場合、牢に入れられるおそれもあるから、と。

「な、なんと！　伝次郎が……伝次郎が……」

怪我をしたとか、番屋にしょっ引かれた、と聞いて、伝右衛門はすっかり気が動転してしまった。

「い、いかほど渡せばよかろうか？」

「とにかく、多いにこしたことはねえでしょう。少なくてすめば、めっけもンだし。……それに、医者にみてもらうにしても金は必要でしょう」

と、その男は言い、新しい店を買うために貯めていた十両もの金を持ち去った。

男が去ってしばらくしてから、何故男と一緒に行かなかったのかを、伝右衛門は悔いた。伝次郎の身に大変なことが起こっているというのに、暢気《のんき》に店など開けているどころではない。なにを置いても、いまは伝次郎のもとへ駆けつけるべきではないか。

漸くそのことに思い至り、伝右衛門は慌てて店を飛び出したが、既にその男の姿は通りのどこにも見当たらない。

そのときになってはじめて、伝次郎が何処で喧嘩に捲き込まれ、何処の番屋にしょっ引かれたのかを、教えられていないことに、伝右衛門は気づいた。

（まさか、騙りでは……）

と疑いはじめたところへ、近所へ使いに行っていた女房が帰ってきて、真っ青な顔で立ち尽くす伝右衛門に、なにがあったのかを問うた。

伝右衛門から話を聞かされても、女房のお近《ちか》は存外冷静であった。

兎《と》に角《かく》、伝次郎が無事に戻ってくれるのがなによりなのだから、仕込みをして店を開けるべきだと主張し、伝右衛門に仕込みの続きをさせた。

伝次郎が戻ってきたのは、それから一刻ほど後のことである。

「お、お前、お解き放ちになったのか？」

「え？」

「それで、怪我の具合はどうなんだ？」

「なにわけのわかんねえこと言ってんだよ、親父。おいらは、回向院《えこういん》に相撲見物に行ってただけだよ。……すごかったぜ、横綱・谷風《たにかぜ》の上手《うわて》投げ」

「す、相撲？」

「ああ、昨夜そう言ったろう。店を開けるまでには戻るから、って。だから、明日は仕込みを手伝えなくて申し訳ねえ、って」

「そうか。そうだったか。……じゃあ、相撲見物してて、喧嘩に捲き込まれたのか？」

「捲き込まれてねえよ、喧嘩になんか」

「喧嘩に捲き込まれて、怪我したんだろう、伝次郎。その上、破落戸の仲間と間違われて番屋にしょっ引かれたんだよな」

「…………」

伝右衛門の様子が尋常ならざることに気づいた伝次郎は、母親のお近を顧みた。

お近は深い嘆息を漏らすと、息子が留守のあいだに起こったことのすべてを、息子に話して聞かさねばならなかった。

「なんだって、そんな騙りにひっかかったんだよ、親父！」

若い伝次郎は、つい、きつい口調で父親を責めた。

「見ず知らずの野郎の言うことを鵜呑みにして、易々と十両渡すなんて、あり得ねえだろうッ」

最愛の息子から口汚く罵《ののし》られ、伝右衛門はすっかり意気消沈してしまった。

懸命に働いて貯めた十両という大金を一瞬にして失ったことに伝次郎は失望し、すっかり自棄《やけ》をおこした。家業に身が入らなくなって遊び呆けるようになり、賭場《とば》や岡場所などの悪所にも出入りするようになった。そうしてまもなく、本当につまらぬ喧嘩で命を落としてしまった。

一人息子を亡くした悲しみから、女房のお近は病の床に着くようになり、やがて病《や》みつかれて死んだ。

家族を喪った伝右衛門には、一人で商売を続けてゆく気力はなかった。それ故、お近の初七日が過ぎたところで、大川に身を投げた。一刻も早く、妻子のそばに行きたい、その一心で――。

「金を騙し取られたとわかったとき、何故奉行所に訴え出なかったのだ」

憤慨した口調で久通が述べると、

「訴えるほどの知恵があれば、ハナから騙されておらぬだろう」

身も蓋《ふた》もない言葉を、新三郎は返した。

「だが、考えてもみろ、玄蕃。伝右衛門が大金を貯めていると知っていればこそ、騙りの一味は目をつけたのだ。行き当たりばったりに伝右衛門の店に来たわけではなかろう」

「………」

「伝右衛門のことも、家族のことも調べた上で、金を奪いに来たのだ。盗っ人も同然ではないか。……なのに何故、捕らえて裁くことができぬのだ」

「だから、金を奪われたと訴え出ねば、奉行所はなにもできぬではないか。何故訴え出ぬのだ」

「伝右衛門は、若い頃は八百善《やおぜん》で修業したこともある腕のよい板前だ」

「………」

「当然気位が高い。見ず知らずの者に手もなく騙され、大金を奪われたなどと、人に言えるわけがないだろう」

「だからといって、言ってもらわねば……訴え出てもらわねば、奉行所はなにもできぬではないか」

振り絞るような声音で久通は言い返したが、言い返しながらも、それ以上言葉を継ぐのは無理だということを久通は自覚していた。

不埒《ふらち》な騙りが市中に蔓延《はびこ》り、そのせいで不幸のどん底に叩き落とされた者がいる、と知らされて、冷静でいられるわけもなかった。

「確かにそうだ。訴え出ぬことには、なにもはじまらぬ。……だが、そんなまともな判断もできぬほどにか弱き者をこそ救うのが、町奉行の務めではではないのか？」

「…………」

久通は、黙って項垂《うなだ》れるしかなかった。

すべては新三郎の言うとおりであった。

町奉行である以上、江戸に住まうすべての者の暮らしを守るのが務めだ。

（できることなら、俺とてそうしたいわ）

思うほどに、苛立ちをおぼえた。

己の無力を思い知らされるたび、久通は打ちのめされ、そして苛立つ。

苛立った心でのろのろと堀端を歩いていて、久通はつと我に返った。

（尾行《つ》けられている――）

重苦しい心持ちから、緊急事態の出来《しゅったい》へと、強引に気持ちが引き戻される。

町奉行が単独行動をとれば、十中八九命を狙われる。狙う理由のある者が、ごまんといる。

それを久通が思い知ったのは、当然己が町奉行となってからのことだ。だが久通は未だ知らない。

通常、町奉行ほどの身分の武士が、供《とも》も連れず、単身で市中に出るなど、先ずあり得ないということを。

何故なら町奉行の石高は約三千石。それほど高禄の旗本当主であれば、登城の際にも駕籠《かご》を用いる。当然、登城以外の外出もすべて駕籠だ。

徒歩《かち》で出歩くのは、千石以下の貧乏旗本のすることであった。

町奉行となり、五百石加増されたとはいえ、未だ三千石にほど遠い柳生家には、駕籠の使用はまだまだ先の話である。

（とりあえず、足を速めてみるか）

思うと同時に、久通は自ら足早に先を急いだ。すると、久通を尾行けてくる者も、彼に倣《なら》って足を速めた。

（いまはまだ一人のようだが……）

近頃久通の身辺に目を光らせ、養生所への行き帰りの道も調べあげているとしたならば、その途中に人を伏せておくことは可能である。

（ったく、ご苦労なことだ）

厄介に思いながらも、とりあえず降りかかる火の粉は払わねばならない。久通はそのままの足どりで、進む道を変えねばならなかった。

三

目の前の辻を、ためしに逆のほうへ折れてみた。

逆へ折れれば御門から離れ、当然役宅とは逆方向へ向かうことになる。

久通のことを知った上で尾行けていたとすれば、蓋《けだ》し戸惑《とまど》う。戸惑って、尾行けるのをやめるか、或いはそこでなにか仕掛けてくることを、久通は期待した。

が、残念ながら期待ははずれた。

見当違いの方向へと歩きはじめた久通のあとを、尾行者は一途についてくる。

(俺の行く道に人を伏せているわけではないのか？)

久通は訝《いぶか》った。

一人で襲えるほど容易《たやす》い相手と思われたのなら、甚《はなは》だ心外であるが、或いははじめから襲うつもりなどないのかもしれない。

(思い過ごしか……)

いまのところ、背後の追跡者から微塵も殺気は感じられない。なにか目的があって久通を尾行けているにせよ、いますぐどうこうしようというつもりはないのだろう。

(だとすれば、なにもビクビクする必要はないな)

久通は歩調を弛《ゆる》め、ゆるゆると歩を進めた。

時刻はそろそろ暮れ六ツを過ぎる。

火ともし頃であるため、辻行灯《つじあんどん》にはポツポツと火が点《とも》りはじめている。提灯《ちょうちん》を手にして帰路を急ぐ者も少なくなかった。

(さて、何処を通って帰るかな)

久通は思案した。

役宅に向かうのをやめてからは、なにも考えず適当に歩を進めていたので、あまり土地勘のないあたりに出てしまった。

どうやら、小路の多い町屋である。人通りはあまりない。どこか大きな通りに出ないことには、帰路を辿れない。

(まだ、日本橋あたりだとは思うが……)

行く手に——ほんの数歩行った先に、小さな稲荷社が見えた。

その刹那《せつな》——。

いまにも枯れ朽ちそうな鳥居の前をゆっくり通り過ぎようとしたとき、不意に社殿の扉が開いた。

（え？）

驚く暇もなく、中から丸くて黒っぽいものが飛び出してくる。その瞬間、
ゴッ、
と重たげな音が響いたところをみると、どうやら大きな鉄の塊《かたまり》のようだった。

（大砲《おおづつ》の弾か？）

目を剝きつつも、久通は間一髪《かんいっぱつ》身を捻《ひね》り、低い軌道を描いてくるそれを躱《かわ》した。

久通の知る大砲の弾の倍以上もあるそれは、久通の足下を僅《わず》かにそれて道端の天水桶に激突すると、
ごぉッ、
と激しく爆《は》ぜるような音をたてた。天水桶は、当然木っ端微塵《みじん》に吹っ飛んでいる。

（なんだ？）

久通はさすがに慌てた。

見たこともない妙な物に襲われた上、まだ次があったのだ。

社殿の中からは、久通に息をつく暇も与えず、次の鉄球が放たれた。

（うわッ）

今度は高く跳躍して逃れたが、要するに轟音をたてながら真っ直ぐに進むだけの代《しろ》

物《もの》だ。その軌道上から外れてしまえば問題はない。

鉄球は、先のものと寸分違わぬところ——爆ぜた天水桶の残骸にぶちあたり、再び、
ぐぉッ、
と激しく爆ぜる。火薬は仕込まれているが、ごく少量なのか、火の粉をあげて燃え上がるということもない。

(手が込んでいる割には、存外間抜けな代物ではないか)

久通は踵《きびす》を返すと、いま来た道を逆に辿った。

鉄球は真っ直ぐ進むしか能がないので、引き返してしまった久通のあとを追うことはできなかった。

その代わり、少しく引き返したところで、彼は尾行者と対面することになる。

「………」

尾行者は、三十代半ばから四十そこそこと見える人相の悪い武士。素浪人風体《ふうてい》で、当然刀の柄《つか》に手を掛けている。

しかも一人ではなく、久通の正面に対峙《たいじ》しただけでも、三人はいた。道幅の都合で三人が前列に出ているだけで、彼らの後ろには当然後詰《ごづ》めがいる。

(少なくとも、七、八人はおるな?)

久通は瞬時に察した。

易々と敵の術中に嵌《はま》ってしまったものの、敵が眼前に出現した瞬間から、久通の全神経は目の前の敵にのみ注がれる。生まれながらの、剣客なのだ。

　とまれ、久通に対峙した三人は声もあげずに抜刀した。刺客《しかく》としてはまあ合格といえよう。もしここで、

「やれ」

だの、

「死ねッ」

だのと、わざわざ断ってから襲うようであれば、即ち失格だ。仲間同士で目配せし合っているあいだに、久通の剣先で一刀両断されている。

(浪人風体をしているが、浪人ではないな)

彼らの物腰所作から、うっすら覚った。

久通は鯉口《こいぐち》を切っただけですぐには抜かず、僅《あさ》かに後退る。彼らの背後に何人の後詰めが控えているのか知りたくもあったし、目の前の三人に対する誘いでもあった。

三人横並びに立てばほぼいっぱいの道幅だ。全員が同時に刀を振るうことはできない。迂闊《うかつ》にそんな真似をすれば、味方の体を傷つけてしまうからだ。

だから久通と対峙した三人は、久通が自ら退いたことに安堵し、揃って一歩、前へ出た。

道は、同じ一本道であっても、必ずしも同じ道幅というわけではない。

町屋の板塀は真っ直ぐ一直線ではないし、子供が悪戯《いたずら》して掘ったのか、ところどころ土が抉《えぐ》れているところもある。

そういう些細なことでも、一度通った道であれば久通は決して忘れない。

それ故の、誘いである。

一歩踏み出した三人は、踏み出した途端、道幅がやや狭くなっていることに気づいた。構え直そうとして、隣の者と肩が触れたのだ。

触れたことで、当然焦った。

こんな筈ではない、という焦りである。

それを察したところで、久通はゆるりと刀を抜いた。

案の定、そこを狙いすました三人が、互いの肩が触れるのも構わず一度に斬りかかってきた。

殺到する三振りの刃を、

ずぅッ、

と同時に受け止めて、

「悪いが、三人がかりでも、俺をやるのは無理だぞ」

久通は低く嘯《うそぶ》いた。

平素の彼なら間違っても口にしない言葉だ。が、刹那を競う命のやりとりの際には、平然と言ってのける。

「なんだ、知らなかったのか？」

「………」

薄笑い混じりの久通の言葉に、三人は明らかに動揺した。

「この柳生久通を斬りたければ、どの流派であれ、免許皆伝の使い手を二十人は揃えるがよいッ」

言い放つとともに、受け太刀を手許《てもと》で返しざま、

「やッ」

低い気合とともに鋭く跳ね上げ、跳ね上げると同時に振り下ろして真正面の一人を斬った。

斬ったと同じ瞬間、左手に持ち替えて向かって右側の一人を斬り、同時に脇差しを抜いて左側の男を斬った。

ぎゃしッ……

ぐゃゆ、

ごぉわっ、

どたり、

三人の苦痛の悲鳴は、殆どときを同じくしてあがった。また、それと同じ瞬間、と倒れた男たちの背後に、恐怖に怯える後詰めの者たちの顔が見えた。

ざっと数えたところで、三人ずつが二列——残り六人といったところだ。が、前列の三人が瞬時に斬られたことで、残った者たちには即ち恐怖が植えつけられた。

名にしおう剣客奉行の久通を襲う。蓋《けだ》し、腕自慢の刺客たちだろう。一人一人はそれなりの達人であろうし、それなりの成果もあげてきたという自負がある。

それ故の、傲《おご》りもあった。

久通が、稲荷社の仕掛けに戦《おのの》いて踵を返して来た時点で、策が当たった、噂の剣客奉行もたいしたことはない、という侮《あなど》りが生じた。

その瞬時の隙を、久通は見逃さなかった。

見逃さず、逆に己にとっての好機とした。

「さあ、次は何奴《どいつ》が、この久通の首をとる？」

嵩《かさ》にかかって久通が問いかけると、次の列の者は無意識に少しく後退った。後退ったが、逃走するには到らない。

（あまり斬りたくないのだが……）

と思いつつも、久通は大きく踏み出し、脇差しを持った手許を、正面の男の鳩尾《みぞおち》へ叩き込んだ。

「ぐうへッ」

そいつは当然悶絶し、その場に蹲《うずくま》る。

それを一顧《いっこ》だにせず、久通はなお続く刺客に対する。

明らかに狼狽《うろた》えてはいるものの、彼らも容易に退くことはできない。相応の報酬も貰っているし、ここで退いて次に襲うとすれば、再び仕掛けを考えねばならない。

それ故、

「うッ……」

久通の圧力に屈さぬよう、懸命に己を保ちつつ、必死に刀を構えている。

「そうか。それほどに死に急ぎたいか。ならば死ねッ」

言いつつ久通は一旦間合いから退き、しかる後、切っ尖をあからさま相手に向けた。彼の威嚇を恐れて、一人でもいいから逃げ出してくれればいいと願いながら——。

「火盗《かとう》だッ」

唐突に、あたりを席巻する怒鳴り声がした。

「火盗が来るぞッ」

「…………」

久通の脅しには屈しなかった連中が、「火盗」という言葉には明らかに動揺していた。

それが、久通には些か気にくわなかったが、ここで間をおいては相手に考える暇を与えてしまうと思い、

「お、火盗が来てくれたとは有り難い。……おーい、賊はこっちだッ、火盗の方々ーッ」

やおら大声をはりあげた。

「おーい、こっちだ。早く来てくれーッ」

男たちは大きく一歩後退った。

後退ったときには、怯《おび》えた表情に変わっている。戦意はすっかり喪失したようだ。

次いで、示し合わせるわけでもなく揃って踵を返し、走り出す――。

久通はその後ろ姿を無言で見送った。

陽は暮れ落ち、あたりは闇に包まれていたが、久通の目には視界の果てに消えるまでよく見えている。

（なんだ……）

そのときになってはじめて、逃げ去った男たちの背後に、まだ人がいたことに気づいた。後詰めの敵でないことは、その殺気のなさから容易に知れる。おそらく、たまたま通りがかってしまった見物人であろう。

その数はざっと三、四人。

その中の一人が、おそらく、

「火盗だッ」

と怒鳴ってくれたのだ。

「たいしたものだな、火盗の威光は――」

一人の着流しの武士が歩を踏み出し、久通のほうへゆっくりと近づいてきた。

「町方などより、余程頼りになりますからなぁ。悪党どもにとっては、鬼神の如き存在でありましょう」

少しく微笑しつつ言い返し、久通はその人物に軽く会釈した。

声に聞き覚えがあり、その姿に見覚えもあった。編み笠の下の顔を見たのはほんの束の間であったが、見忘れてはいない。

「また、助けていただきました」

「いや、余計な真似をいたした。あの程度の輩《やから》に、おくれをとるご貴殿ではなかろう」

「ですが、おかげで、無駄な殺生をせずにすみ申した」

「あのような外道《げどう》は、殺してもかまわんと思うがな」

編み笠をとった武士が相好《そうごう》をくずしながら言うのを見て、久通は少しく小首を傾げた。目鼻立ちのくっきりした立派な偉丈夫顔《いじょうふがお》でありながら、笑うと忽ち親しみが増し、二十年来の知己《ちき》ではないかと錯覚する。

「本当にそう思われるなら、放っておかれればよいものを……」

その親しげな笑みについつり込まれ、久通は言わでもの言葉を述べた。

殺してもかまわん、と言いながら、声をかけて奴らを逃走させたのは当の武士である。その可笑《おか》しさに、久通はつい声を殺して忍び笑った。

「そういう憎まれ口を叩かれるのであれば、放っておけばよかったなぁ」

「………」

さも心外だという顔をして武士がぼやくので、久通の忍び笑いは容易におさまらない。

それから四半刻ほど後。

編み笠の武士と久通とは、武士の存じ寄りの居酒屋で酒を酌《く》み交わしていた。

「この前は名乗りもせずに失礼仕《つかまつ》った。それがしは――」

酒を酌む前に、久通は自ら名乗ろうとしたが、

「いや、それはやめておきましょう」

編み笠の武士は強い語調でそれを遮った。

「二度も同じようなところに居合わせ、同じような行いをいたしたは多生の縁かもしれませぬが、あの折も申し上げましたとおり、名乗れば互いの身分や立場を知ることになる。知れば無用の柵《しがらみ》も生じ、自儘《じまま》にふるまうことがかなわぬようになるかもしれませせぬ」

武士の言葉を聞きながら久通は、

（おそらくこの御仁は、俺が北町奉行だということを知っている）

ということをぼんやり察した。

或いは、久通の危機に二度も居合わせたのは偶然ではなく、密かに護衛してくれて

いたのかもしれない。否、そう考えるほうが、寧《むし》ろ自然である。この短期間に二度の偶然は如何にも不自然だった。

(とはいえ、御庭番には見えんがなぁ)

内心口に出せない疑問を抱えつつも、

「なれど、互いに名を知らぬのでは……」

久通が懸命に言い募ると、

「では、それがしのことは、平《へい》さん、とでもお呼びいただこうか」

「平さん、ですか」

「如何にも、平さんでござる」

悪びれぬ口調で武士は言い、久通の猪口《ちょこ》に酒を注いだ。

「それでは、それがしのことは玄蕃とお呼びくだされ」

「では玄蕃殿、お近づきのしるしに一献《いっこん》──」

「いただきます」

注がれた酒を、促されるまま久通は飲み干した。

(なんだろうか、この感じは──)

飲み干してから、ふと首を傾げる。

はじめてではない。いや、平さんに連れてこられた居酒屋ははじめての店だが、知り合って間もない相手と心おきなく飲めるこの感じを、久通は既に経験している。

それ故の既視感であり、既視感を感じるが故の不可解さでもあった。

「斯様にいぶせき店なれど、料理はなかなかのものでな。騙されたと思うて、ひと口食してみなされ」

促されて、久通は小鉢の煮物に箸を付ける。

小魚の佃煮のように見えるそれを口に含んだ瞬間、久通は驚いて平さんを凝視した。得も言われぬ美味《びみ》であった。

それも、佃煮のような甘さはなく、適度な辛みが酒によく合う。のみならず、ほんのり漂う山椒《さんしよう》の香りが絶妙であった。

その香りが消えぬうちに、猪口の酒をひと口含む。

(美味《うま》い……)

至福の瞬間であった。

そしてその瞬間を味わったことで、久通は漸く既視感の正体を知った。

(ああ、あのときと同じだ)

微行《おしのび》中の勘定奉行・柘植《つげ》長門守《ながとのかみ》と奇《く》しくも市中にて出会い、やはり今日のように彼の存じ寄りの居酒屋に誘われた。

その店も、いまいるこの店と同様、仕事帰りの職人たちで溢れるような騒がしい感じの店だった。

職人たちは飯屋代わりに利用しているのか、酒は飲まずに二、三品の料理を惣菜に丼飯を頬張っていた。酒の肴《さかな》として提供している料理だから、塩気が強い。当然飯にも合うのだろう。

(これは酒が進む)

久通は勇躍もう一つの皿の料理にも箸をつけた。これもまた、名もわからぬ魚を酢でしめ、刻んだ葱《ねぎ》や大葉《おおば》と合えた、はじめて食する料理である。酢の加減と、葱と大葉という薬味との合わせ方がまた絶妙で、ひと口食べるとすぐ酒が飲みたくなる。

「平…さん」

久通は思いきって呼んでみた。

生真面目な久通にとって、それは清水《きよみず》の舞台から飛び降りるほどの大いなる決断である。長門守を「旦那」と呼ぶとき以上の居心地悪さだ。なにしろ相手はまだ知り合ってまもない相手なのである。が、

「なんでござる？」

酒が入ったことでいよいよ親しみやすさの増した平さんが、やや戯《おど》けた口調で問い返す。

「こ、この店は、知る人ぞ知る名店でござるな」

思いきって、久通は言った。

「はて、何故そう思われる？」

ニヤニヤと薄笑いを口辺に滲ませながら、平さんは問い返す。

「そうでなければ、これほど酒のすすむ肴を供せるわけがない」

「肴とは、そもそもそんなものですぞ」

「なれど、多くの客はその肴で飯を食うております」

「酒は、元々飯でできております。どちらにも合って当然でござる」

「しかし、それがしは、飯にも酒にも合わぬ不味《まず》いものを随分と知っておりますぞ」

「それは……」

平さんは眉を顰めて絶句した。

心底気の毒そうな顔で久通を見つめる。

「それ故、ここは名店だと申しておるのでござる。そして、こういう名店をご存知であられる平さんは、矢張りただ者ではござらぬな」

抵抗なく軽口がたたけているのは、酔いがまわってきた証拠である。そもそも久通は、さほど酒に強くない。

「この店のよさをわかってくだされた玄蕃殿も、ただ者ではござらぬよ」

宥めるように言い返してから、だが平さんはしばし言葉を止めた。

思案顔で少しく黙り込んでから、手酌で一、二杯飲み干し、

「ときに――」

顔つきも口調も変えて切り出した。

「玄蕃殿は、お気づきになられたか？」

「…………」

その恐いほど真剣な顔を、久通は無言で見つめ返す。

「先ほどあの場には、儂も含めて四人ほど、通りすがりの者が居合わせ、貴殿と賊の戦いを見物しておりました」

「ええ」

「皆、固唾《かたず》を呑んで見守っておりましたが」

「そう…でしたか」

困惑した久通はなんと答えてよいのか、正直よくわからない。なにより、平さんの

真剣な表情が少しく恐い。

「その見物人の中に、あの女子《おなご》がいたのでござる」

「え？」

「以前玄蕃殿のご危難に出会《でくわ》した際、それがしに助けを求めてきた、あの女でござる」

「…………」

平さんの言葉で、瞬時に久通の酔いが醒めた。いや、実際には醒めた心地がしただけのことだが。

（あの女とは……瀬名《せな》のことか？）

久通の脳裡に、忽ちその折のことが過《よぎ》る。もとより、東海寺《とうかいじ》の山門で久通を待ち、自ら瀬名と名乗った女の顔を忘れよう筈もなかった。

（あの女、性懲《しょうこ》りもなくまだ俺をつけ狙っているのか）

そう思うと、女の執念の凄さに怖気《おぞけ》がする。

まんまと久通を誑《たぶら》かすことには成功したが、残念ながら、本来の目的であるその命を奪うにはいたらなかった。

計画は失敗したが、女は間際で逃れて姿を消した。

（あの折俺の代わりに瀬名に会いに行った源助《げんすけ》は、結局会えず、待ち伏せていた刺客に襲われただけだった、と言っていたが）

久通は、吸い込まれそうに怖い平さんの視線をまともに受け止めながら、

「その女——」

己の胸に湧き起こる激しい鼓動を懸命に抑えて問い返した。

「まこと、あのときの女でござったか？」

「まこと、あのときの女でござった」

ほぼなんの感情の動きもない顔つきで、鸚鵡返《おうむがえ》しに平さんは答えた。

「………」

「あの折は、お高祖頭巾《こそずきん》で顔を隠しながら、町屋の女房風の装束に武家の女の香を焚きしめることで、巧みに武家の女子の微行を装っておった。物腰所作も、見事に武家の女でござった。それ故、それがしもすっかり騙され申した」

「え？」

「身分卑しからぬお上臈《じょうろう》だなどと、とんでもない偽りを貴殿に伝えてしもうた。……本日は、そのお詫びを申し上げたかったのでござる」

「ちょっと、待ってくだされ、平…さん」

心からの救いを求めるように久通は言ったのに、

「あの女の正体は、どのようなものにも化けることのできる、変幻自在の女賊でござる」

情け容赦のない、決定的な言葉で平さんはとどめを刺した。

「実はのう、玄蕃殿、ここだけの話だが、あの女には、火盗も密かに目をつけておってのう」

「え？」

「あの女は、それこそ、盗賊一味の手先から美人局《つつもたせ》の誘い役まで、金で雇われればなんでもする悪党なのでござる。あの女を捕らえさえすれば、どれほど多くの悪事を白日の下にできることか――」

「なるほど……」

殆《ほとん》ど、心ここにあらざる心地で、久通は平さんの言葉を聞いた。一旦醒めた酔いが、再び五体にまわったようで、すぐには言葉を発する勇気がなかった。

それ故手酌で二、三杯あおり、気持ちを落ち着けようと懸命になった。

四

その女の通り名は、《百面《ひやくめん》》のおせんと言う。

百の顔を持つ女ということだろう。

もとより、本当の名を知る者はいない。

あるときは武家出身のお上臈に。あるときは清楚な比丘尼《びくに》に。またあるときはもっと身分の高い――例えば公家《くげ》の女房にも。

どんな女にも、化けることができる。

見破られたことは一度もない、と言う。

武家の女を装うにせよ、公家や比丘尼を装うにせよ、そのためには相応の知識が必要だ。だとすれば、余程上流の出身であり、ひととおりの学問もあるのだと思わざるを得ない。

また、人には常に偽りの顔のみを見せ続け、誰一人その素顔を見た者はいない、とも言われている。

押し込みの引き込み役から、殺しの手引きまで、金で雇われればどんな悪事にも荷担する。

まさに、人の心を持たぬ悪女の中の悪女であろう。

問題は、その女賊が、何故執拗に久通をつけ狙うのか、ということだった。

或いは、久通を亡き者にせんとする一味に雇われてのことかもしれないが、その一味は何故久通をつけ狙うのか。黒幕は一体何処の誰なのか。

平さんに聞きたいことはまだまだ山ほどあったが、それ以上聞けば、互いの名を明かさずにおこうという平さんの配慮を無下《むげ》にすることになると思い、諦めた。

ただ、平さんが久通の正体を察しているのと同様、久通もまた平さんが何者なのかを薄々察することができた。それだけで充分だと思った。

（しかし気になる）

翌日、奉行所の廊下で宿直《とのい》明けの荒尾小五郎《あらおこごろう》を見かけると、

「ちょっと、よいか」

無人の吟味所に招き入れた。

本来ならば、職歴の長い和倉に尋ねるべきだが、余計なことを訊いて、またなにか厄介なことに首を突っ込んでいるのではないかと詮索されるのが面倒だ。

その点荒尾ならば、おそらくなにも問い返してこない。

「なんでしょうか？」

宿直明けのせいか、心なしか反応が鈍い。いつもは鬼瓦のように厳《いか》めしい顔つきが、くたびれた犬のように見えた。

「《百面》のおせんという名を聞いたことがあるか？」

「え？」

声をおとして久通が問うと、荒尾は一瞬にして目の覚めた顔になる。

「何故お奉行様が、おせんのことをお尋ねに？」

「それほど、名を知られた女か。……それほどの者であれば、当然、兇状が出まわり、賞金もかけられていような？」

「それはもう、一時は、火付けや押し込み強盗並の賞金がかけられておりました。……なにしろ、おせんの手引きで何軒ものお店《たな》が襲われ、大勢の者が命を落としましたので――」

「一時は、というと、いまはそれほどでもないのか？」

「近頃、とんと噂を聞かなくなりましたので。……大方年老いて化けることが難しくなり、身を退いたのではないかと言われております」

「年老いて？」

「おせんの名が江戸の市中で最も知られておりましたのは、それがしがまだ十かそこらの童《わらべ》の頃でございますぞ」

「なに？」

「当時定廻りをしておりましたそれがしの叔父が連日のように捜しまわり、『あの鬼のような女を必ず捕らえて獄門台に送ってやる』と口癖のように申しておりました」

「…………」

荒尾の年齢は確か二十七、八。その荒尾が十の頃といえば、いまから十七、八年前のことになる。

(まさか、十かそこらの小娘が、それほど巧みにさまざまな者に化けられるわけがない。悪の道に入った頃、如何に若くとも、十七、八にはなっていた筈だ。……だが、そうすると、俺が東海寺で会った女は四十近い年増だったということになる)

久通は少しく考え込んだ。

「おせんが関わっていると思われる事件で、お前の知る最も最近のものは、何時《いつ》の如何なる事件だ？」

「さあ……」

しばし首を捻ってから、

「確か、それがしが同心となってまだまもない頃、日本橋の美濃屋《みのや》という油問屋に押し込みが入り、家族も使用人も皆殺しにされましたが、後《のち》の調べで《闇夜《やみよ》》の権七《ごんしち》一味の仕業《しわざ》と判り、一味の者も何名か捕らえられました。…その折、捕らえた者の口から、《百面》のおせんの名が出た、と伝え聞いております。……一味の者を捕らえましたのは、火盗の手の者でありました故――」

懸命に思い出しつつも、存外はっきりした口調で荒尾は述べた。

「お前が同心になったのは何年前だ？」

「十年前の安永《あんえい》六年でございます」

(俺が、家基《いえもと》様の剣術指南役となるその前の年か……)

つい反射的に久通は思ってから、そのことを改めて奇異に思った。

(十年前の押し込みを最後に噂の途絶えた女賊を、火盗がいま、目の色変えて探索しておるとは、おかしな話ではないか)

それから漸く、自分は平さんと名乗る武士に揶揄われたのではないか、という疑念を抱いた。

二十年くらい前に名を馳せ、既に退いている伝説の女賊の名を出して久通の無知を揶揄った。

からかわれたとしても別に腹は立たぬが、果たして平さんは、本当にそんな人物なのか。

（わからん）

久通は容易く途方に暮れた。

途方に暮れたままじっと考え込んでしまったため、用の済んだ荒尾を解放してやることを、しばし忘れてしまっていた。

第二章　仇同士《かたき》

一

「なんだ、この訴状は？」

一読するなり、久通は思わず声をあげた。わざわざ、久通の文机の一番上に置かれていたのだ。早く目を通してほしいからにほかならない。だから真っ先に目を通した。

すぐ側《かたわ》らといっていいところに、和倉がいる。当然久通の声は耳に届いていよう。が、和倉は黙って己の手許の調書《しらべがき》に目を落としたまま、久通の言葉にはピクとも反応しない。

久通は仕方なく、文机の上に置かれた二通の訴状にもう一度目をとおし、しかる後、

「二通とも、全く同じ文面ではないか」

もう一度、今度は明らかに和倉に向かって同じ意味の言葉を述べた。

「訴え人が違いまする」

視線を書面に落としたまま、冷ややかとも思える口調で和倉は答える。

「確かに、違うことは違うが……」

久通は困惑するしかない。

訴状の内容は、ともに「拐かし《かどわ》」を訴えている。

訴えの主《ぬし》は、ともに江戸で名の知れた大店《おおだな》の主人であり、互いの家の息子と娘を、拐かしで訴え出ているのである。

「阿波屋《あわや》主人・宗右衛門《そうえもん》は、加賀屋《かがや》の娘・琴《こと》なる者が息子・宗一郎《そういちろう》を拐かしたとし、加賀屋主人の徳太郎《とくたろう》は、阿波屋の息子が娘を拐かした、と言っておるが。……一体どういうことなのだ？」

「駆け落ちでございます」

「なに？」

「阿波屋の息子と加賀屋の娘が恋仲となり、駆け落ちしたのでございます」

「なんだと？」

「そもそも阿波屋と加賀屋は、仇同士のように仲が悪いそうでございます」

「何故だ？　ともに同じ太物《ふともの》問屋で、問屋仲間でもあるのではないか？」

「だからこそ、でございます」

　と強い語調で答えてから、和倉は漸く顔をあげて久通を見た。

「問屋仲間の中で、どちらも頭になりたいのでございましょう。それ故、会合で同席しても一言も口をきかないほど、互いに相手を憎んでおるそうです」

「そんな仇同士の息子と娘が、何故恋仲になったのだ」

　思わず口走ってしまってから、久通は己の愚かさを激しく悔いた。

　以前、府中六所《ふちゅうろくしょ》の秋祭りに行った帰り、妙な縁で地元の地回りの家に滞在する羽目に陥《おちい》った。そこで、地回りの息子から、敵対関係にある地回りの娘と恋仲になり、両家になんとか手打ちをさせたい、と相談されたことがあった。

　兎角《とかく》、若者同士の恋路には家同士の確執などは無関係であり、子は親の思惑どおりにはならぬものだ。

「だが、駆け落ちならば、双方合意のもとに家を出たのであろう。拐かしではあるまい」

「それを認めたくないものだから、互いに、相手の息子が娘が、我が子を誑《たぶら》かして連れ出した、拐かしだ、と言い張っておるのでございます」

「なんだ、それは。大人気《おとなげ》ない連中ではないか」

「はい。大人気ない連中でございます」

和倉は眉一つ動かさず、鸚鵡返《おうむがえ》しに応えるだけだ。

「それで、駆け落ちした息子と娘は無事なのか？」

「とっくに見つかって、無事家に連れ戻されておりまする」

「では、なにも問題ないではないか。何故わざわざ訴え出たりして大事《おおごと》にするのだ」

「どうにかして、相手を罪に落としたいのでございましょう。なにしろ、犬猿の仲の両家でありますれば――」

「そんなことのために、奉行所に訴え出るなど、言語道断だ。ふざけるにもほどがあるぞ」

「ですから、そう言って、何度も厳しく叱りつけておるのでございますが、一向に懲りませぬ」

「…………」

久通は改めて和倉の顔を見た。

顔色が変わらず、口調も冷たく感じたのは、和倉本人が憔悴《しょうすい》しているためだということにはじめて気づいた。

「どうした、和倉?」

恐る恐る、久通は問うてみた。

三十年来奉行所の与力を勤め、これまで十人以上の奉行に仕え、ありとあらゆる判例にも通じている。鷹《たか》のように鋭い眼《め》を持ち、どんな悪人も逃れることを許さない。蓋《けだ》し、鬼与力として恐れられていたことだろう。

そんな和倉が、憔悴している。

「先のご老中は商人どもを優遇し、殊に十組《とくみ》問屋の者たちにはさまざまな特権をお与えになり、それこそやりたい放題でございました故、我らのことなど不浄役人と蔑《さげす》み、なめきっておるのでございます」

「まさか、そんなことはあるまい」

「いいえ、問屋仲間であることに傲《おご》り、奉行所さえ意のままにできると勘違いしておるのでございます。金の力を以てすればなんでも己の思いのままになると、思い上がっておるのでございます」

和倉は、唐突に激しい怒りを湧出させ、久通は焦り、戸惑《とまど》った。

「だ、だが、今度のご老中は、田沼《たぬま》様の政《まつりごと》には否定的なお方だ。問屋仲間といえども、これまでどおりにはばをきかせられるとは思えぬが……」

「ですから、この機会に思い知らせるべきかと存じます」

「思い知らせる？」

「お奉行様のご威光を以て、傲り高ぶる商人どもに、己の身の程を思い知らせるのでございます」

「如何《いか》にして？」

意気軒昂《いきけんこう》、強い語調で主張する和倉に対して、久通の問いは心なしか弱々しいものとなる。和倉が何を言い出すか、全く予想できなかったのだ。

「されば、両家の者が望むとおり、お白洲《しらす》にて裁きを下してやればよいかと存じます。お奉行様のお裁きであれば、両家ともに、承服することでございましょう」

「し、白洲で裁くのか？　こ、この件を？」

和倉の言葉に、久通はさすがに目を剝いた。

親に背《そむ》いての駆け落ちであれば、多少の罰を与えるべきかもしれないが、とっくに家に連れ戻されている、という。罰は、親が子に与えればいい話だし、そもそも奉行所が介入するほどのことではない。

（一体、どう裁くというのだ？）

久通は内心青ざめる思いだ。

「如何にも」

だが和倉は、久通の内心など素知らぬ様子で、得たりとばかりに嘯《うそぶ》いた。

「望みどおり、入牢させてやればよいのでございます。少しは懲りることでございましょう」

「入牢させるのか？」

「奴らの訴えどおり、両名とも拐かしの罪でお裁きになればよろしいかと存じます」

「し、しかし……」

「こやつらの起こしたくだらぬ訴えによって、奉行所がどれほどの迷惑をこうむったと思われます？……問屋仲間の大店ということで無下《むげ》にもできず、同心与力は毎度煩《わずら》わされたのでございますぞ」

「毎度と言うが……それほど、何度もか？」

「はっきりと憶えておりますだけでも、今年に入って三度はありましたかと——」

「今年に入って三度だと？」

久通は首を捻《ひね》り、手許《てもと》の訴状に目を落とす。日付を確認するためだった。もとより、日付はいまより数日前のものだ。

「この者たち……宗一郎とお琴が駆け落ちしたのは、一体いつのことなのだ？」

「一昨年暮れのことにございます」

「え？」

久通は一瞬絶句した。

しかる後、気を取り直して問い返す。

「それで、宗一郎とお琴が連れ戻されたのはいつだ？」

「昨年正月のことでございます」

「一年以上も前のことではないか！」

「如何にも、一年以上も前にして……」

「要するに、子供の家出であろう？　それを、奉行の俺が裁くのか？」

「そうしてもらわねば納得できぬ、と言うのですから、致し方ありますまい」

「………」

「子供の家出くらいでいちいち奉行所に訴え出るなと、何度も口を極めて説教いたしました。そのたびに、奴らは不満顔にて奉行所をあとにし、また性懲《しょうこ》りもなく訴えてくるのでございます。……最早《もはや》、奉行所に対する明らかな厭がらせとしか思えませぬ」

「わかった」

己の言葉に興奮し、次第に怒りを募らせてゆく和倉の言葉を止めるため、久通は肯《うなず》いた。

憔悴した和倉を納得させ、安堵させるためにも、ひとまず肯かねばならなかった。

「それほどに迷惑を被《こうむ》ったのであれば、確かに捨て置けぬな」

「捨て置けませぬ」

「白洲にて裁くかどうかは、いま少し吟味いたすが、もう金輪際《こんりんざい》そちらの手を煩わすことのないよう、厳しく処断いたそう」

「何卒《なにとぞ》、よしなに――」

その場で恭《うやうや》しく頭を下げ、和倉は席を立った。

(え?)

久通は呆気にとられてそれを見送るしかない。

まさか、そこで唐突に話が終わるとは思っていなかった。和倉の怒りと憔悴具合を、些《いささ》か甘く見ていたようだ。

(しかし、確かに不遜な連中だ。世の中には、大金を騙し取られてもろくに訴え出ることのできぬ者もいるというのに……)

和倉の怒りと憔悴は、そのまま久通へと受け継がれる。

（だが、裁くと言うて、一体どう裁くというのだ？……入牢させる、だと？　和倉の奴、本気で言っているのか？）

さまざまな疑問が久通の脳裡に殺到し、そのすべてを冷静に判断するには、なおしばらくのときを要することになりそうだった。

阿波屋宗一郎十五歳。

加賀屋お琴十四歳。

それが、二人が駆け落ちした折の年齢である。

二人とも、未だ子供といっていい。殊に、十五歳以下の年少者については、罪を犯しても厳罰には処さない傾向がある。

宗一郎は兎も角、お琴については、仮に拐かしの罪が事実であったとしても、罰せられる可能性は極めて低いのだ。

それを承知で、阿波屋宗右衛門はお琴に拐かしの罪を着せようと、何度も何度も、奉行所に訴え出ている。それは、加賀屋の主人・徳太郎が宗一郎を訴えた場合の対抗手段にほかならなかったが、到底正気の沙汰とは思えなかった。

一方的に訴えられて罪を問われるのであれば、こちらも相手を訴える。たった一つの年齢差に加えて、男女の違いもある。それで必ずしも平等になるわけではないということがわかっていても、訴えぬわけにはいかなかったのだろう。

(だとしても、あまりにお粗末すぎるぞ。何故、両家のあいだで話をつけられなかったのか)

阿波屋と加賀屋は、ともに日本橋南の西河岸町《にしがしちょう》と呉服町《ごふくちょう》という、ほぼ同じ町内といってよい場所に店を構えている。

用がなくとも日に一度は顔を合わせそうなほどご近所に住んでいて、互いに相手を避けねばならぬとはなんと窮屈なことだろう。

「阿波屋と加賀屋は、先代の頃まではごく普通につきあいがあったそうでございます。なにしろ、先代同士は元々、同じお店の奉公人だったそうですから」

荒尾の言葉に耳を傾けながら久通はつと、道端に足を止め、そこから通りに面した加賀屋の店先へと視線を向ける。

「何故急に、仲が悪くなったのかな」

最前阿波屋のほうも見てきたが、店構えはほぼ同じくらい、ともに繁盛しているようだが、人の出入りは加賀屋のほうがやや多いようだ。

(もっとも、先代同士が同じお店の出身で、全く同じ家業をしていて、どちらか一方

がより繁盛すれば、多少妬《ねた》みが生じるのは無理もないかもしれぬが）

「同じ店に奉公していたからといって、必ずしも仲がよいとも言えぬだろうが」

「さあ……若い頃は実の兄弟のように仲がよかった、と言う者もおりますが、昔のこと故よくわかりませぬ」

「先代は、二人ともまだ存命なのか？」

「ええ、身代《しんだい》を倅《せがれ》に譲ってからは、二人とも、向島《むこうじま》の寮で女房と気楽な隠居生活を送ってるようです」

「なに！　先代は二人とも、向島で隠居しているのか？」

「ええ、確か、そう聞いておりますが」

　久通は驚いて問い返す。

「隠居してからも近所で暮らすとは、やはり先代同士は、いまも仲がよいのではないのか？」

「さあ……ひとくちに向島といっても広うございますから、必ずしも近所とは限りますまいが……」

「いや、本当に仲が悪いのであれば、相手の顔も見たくない、と思うものであろう。されば、うっかり顔を合わせてしまいそうなところには住まぬのが自然だ」

「それはそうかもしれませぬが……」

「そもそも、仲が悪いのであれば、もっと遠く離れた、別のところに居を移せばよいではないか。そうすれば、互いの子らが恋仲になることもなかったであろうに」

「仰せのとおり、宗一郎とお琴は幼馴染みで、親の目を盗んではよく一緒に遊んだ仲だそうでございます」

久通の語気の強さに困惑しつつも、荒尾は応じる。

「手習いも算盤《そろばん》も、同じ師に学んだようでございますし……」

「矢張り、以前は仲がよかったか、ごく普通のつきあいをしていたのだろう。それが近頃急に仲が悪くなったのだ」

「なるほど」

久通の主張に、荒尾は漸く合点のいった顔つきになった。

「問題は、いつから、何故仲違いをしたか、ということだ。それがわかれば、両家の主人らがこの馬鹿馬鹿しい訴えを繰り返す理由も自ずから知れよう」

確信に満ちた口調で述べる久通を、すっかり感心した様子で荒尾は見つめる。

「ところで、宗一郎とお琴は、いま、どうしておる?」

「連れ戻されてからは、厳しく監視され、外出も禁じられているようです」

「しかし、ともに十五かそこらの子供だ。如何に厳しく言い聞かされようと、おいそれと了見するものではあるまい」

「連れ戻してすぐ、阿波屋と加賀屋は、急いで別の者との縁談を決めてしまおうとしたらしいのですが、二人とも、それに激しく反発しまして、無理に縁談を進めるとあれば、『あの世で一緒になる』と言い、一時はともに食を断っていたそうです」

「なに、それはまことか！」

「はい」

「ふうむ。……子供とも思えぬ激しさよな。いや、そこまで互いを思い合っておるのであれば、最早子供とは言えぬ。立派な男と女だ」

「さすがに死なれてはかなわないので、親たちも他家との縁談は諦めたそうでございます。ともに、一人息子、一人娘でございますれば――」

「なんと、独《ひと》り子同士か。……それは、仇同士の家でなくとも、おいそれと二人の仲を認めるわけにはゆかぬであろうな」

「しかし、全く先例がないわけではございませぬ。二人以上の子をもうけ、一人を阿波屋の跡取りに、一人を加賀屋の跡取りとすればよい話ではございませぬか」

「理屈はそうだが、そううまくゆく保証はどこにもあるまい」

「それはそうですが……」

荒尾の口調が心なしか二人に対して同情的であることを、久通は内心微笑《ほほえ》ましく思いながらも、

「そもそも、十五と十四の子供が、一体何処へ駆け落ちしようとしたのだ？」

「なんでも上方《かみがた》へ行こうとして、品川宿《しながわしゅく》に向かっていたそうでございます」

「なに、上方に！」

「抜け参りを装えば、容易《たやす》く旅ができるのではないか、と踏んだようでございます」

「なるほど。子供ながら、小知恵はきくようだな」

「ですが、品川宿へ着くか着かぬかというあたりで、あとを追ってきた手代たちに見つかったそうでございます」

「なに？　品川に着くか着かぬかで捕まったのか？」

「はい。大晦日《おおみそか》の朝に家を出れば、正月の仕度で大忙しの家人たちを欺けると考えたようですが、正月休みを許されて品川に繰り出そうとしていた若い手代らが二人を見かけてしまい、不審に思って急ぎお店へ駆け戻ったそうでございます。かくて、二人の出奔《しゅっぽん》が露見してしまいました」

「ううむ、余計な真似をするものよの」

「まことにもって。……両家の主人は怒り狂い、すぐに連れ戻すよう、手代らに命じました」

「仮に、品川には向かわず、内藤《ないとう》へ出て甲州道中《こうしゅうどうちゅう》を目指したとしても、内藤へ繰り出す者もあったやもしれぬしなぁ」

「如何にも――」

　久通の言葉に、荒尾も真顔で同意してから、

「雪を避けるため、途中無人の辻堂に身を隠したそうで、そのため見つけるのに些か手間取ったようでございますが、翌朝には見つけ出されたそうでございます」

　少しく眉を顰《しか》め、悔しそうに言った。

「確か、大晦日の朝に出奔したのだったな？」

　久通はふと首を傾げる。

「はい。大晦日の朝でございます」

「翌朝ということは、つまり元日の朝、ということだな？」

「左様でございます」

「つまり、二人が家を空けていたのはたった一日だけということか？」

「はい、そのとおりでございます」

「………」

絶句した後に、久通はしばし考え込んだ。もとは仲がよかった筈なのに、何故か突然仲違いしたかと思えば、たった一日足らずの家出を拐かしだと言い立てる両家の主人たちの異常さに目を奪われ、なにか肝心なことを見落としている気がする。

(そうだ。母親だ!)

思案の末にふと思いつき、

「宗一郎とお琴の母親……つまり、阿波屋と加賀屋の女房を、主人に知られず密かに呼び出して話をすることはできまいか?」

じっと彼の言葉を待つ荒尾に問う。

「女房をでございますか?」

「亭主たちが愚かな訴えを起こしていることを、どう思っているのか、聞いてみたい。なんなら、女房たちにそれぞれの亭主を説得させることはできぬものか」

「なるほど」

「母親というものは、己の腹を痛めて子を産む故、子に対する愛情のかけ方も、父親とは全く違っている筈だ。人にもよろうが、子を思う母の愛にはおよそ打算というものはなく、ただ一途に子の幸せだけを願うものであろう」

「確かに……それは、妙案かもしれませぬ」

荒尾の表情に、ふと明るいものがさしかけた。

厳《いか》めしい外見に似合わず、荒尾はずっと穏健派だし、情け深くもある。和倉の言うように、年端《としは》も行かぬ者たちを白洲に引き出し、厳しく裁くなど、蓋しのびないに違いない。

「なあに、亭主に知られず呼び出すことくらい、さほど難しくはございませぬ。大店の女房は、やれ習い事だ芝居見物だと、兎角《とかく》道楽の多いものでございます故、三日とあけずに外出しております」

「できれば、二人一緒に話をしてみたいが」

「やってみましょう」

六尺ゆたかの巨軀を心なしか反らして荒尾は請け負った。久通の考えに賛同し、手放しでそれを支持しようと決めたからに相違なかった。

二

「まあ、お奉行様が直々に、お出でくださいますとは……」

「どういたしましょう。ね、お千代《ちよ》さん」

阿波屋の女房お千代と、加賀屋の女房お春《はる》は、ともに団十郎の芝居を見た直後の興奮故か、四十目前とは思えぬはしゃいだ様子であった。

驚いたことに、髪に挿したべっ甲の櫛《くし》も赤い珊瑚玉《さんごだま》のかんざしもお揃いなら、ともに太物屋の女将《おかみ》にしては地味すぎるような濃藍《のうあい》の縞縮緬《しまちりめん》に黒緞子《くろどんす》の帯という身なりもそっくり同じである。地味な装いは倹約令の手前もあろうが、そもそも華美な装いなどが似合わぬことを自覚しているようでもあった。

月に数度の芝居見物の後、二人がともに馴染みの茶店に立ち寄ることを、荒尾は容易く突き止めてきた。

家同士は――というより、主人同士は仲が悪い、というものの、女房同士にはなんのわだかまりもなく、寧《むし》ろ亭主のいないところではごく普通のご近所づきあいをしているという。芝居小屋で顔を合わせれば、気安く言葉も交わし合うし、同じ茶店にも立ち寄る。ときには、一刻《とっ》近くも談笑することがある、という。

ともに、殆ど同じ時期に嫁ぎ、ほぼ同じ時期に子を産んだ。嫁いだ当時は先代――舅《しゅうと》と姑《しゅうとめ》に気を遣い、ともにつらい嫁の日々を過ごした。

それ故子育ての一年先輩であるお千代を、お春は姉のように慕っていたし、頼りにもしていた。

　久通が密かに睨んだとおり、宗一郎とお琴が子供の頃から馴染んで育ったのは、母親同士が親しく馴染んでいたからに相違なかった。

　一方、家業に身を入れれば入れるほど、家の中のことが疎《おろそ》かになる父親には、そうした濃密な人間関係など、知り得よう筈もない。

「おっしゃるとおり、お奉行所へ訴え出るなんて、やりすぎだということはわかっております」

「ですが、あたくしの申すことになど、亭主は聞く耳持ちません」

　お千代とお春は口々に言った。

「本当に、馬鹿なんですよ、うちのときたら。……なにがあったか存じませんが、加賀屋さんを目の敵《かたき》にして……」

「それはうちも同じですよ。なんで阿波屋さんを急に目の敵にしはじめたのか、さっぱりわかりません」

「なんだと？」

　お春の言葉に、久通はつと表情を変える。

「急に、と言ったか？」

「ええ、あるときから、急に。……それまでは、同じ問屋仲間として、ごく普通におつきあいをしていたと思うのですが……」

「いつ頃からだ？」

「さあ、いつからだったか……去年のいまごろには、もう阿波屋さんの悪口を言ってたと思いますけど……」

「そうそう、うちのが突然加賀屋さんを悪く言うようになったのも、確かその頃からだったように思います」

「その理由を、聞いたことはないのか？」

お千代とお春が仲良く並んで座す長庄几《ながしょうぎ》の前に腰を下ろすと、二人をじっくり見比べながら、久通は問うた。

「いいえ、ございません」

「どうせ、たいしたことじゃございませんでしょうから、聞く必要もございません」

「だが、仲違いしたと言いながら、宗右衛門も徳太郎も、お前たちが仲良うすることも、子供らがともに遊ぶことも禁じていなかったではないか。おかしいとは思わなんだのか？」

「禁じるもなにも、これほどご近所に暮らしてるんでございますよ。子供たちが仲良くなるのは当たり前じゃございませんか」

「それに、亭主どもは商売のことしか頭にございません。女房子供が何処の誰と仲良くしてるかなんて、全く与《あずか》り知らぬのでございますよ」

「……………」

奉行と聞いても恐れることなくずけずけと答えてのけるお千代とお春に、久通は少しく圧倒された。

お奉行様といっても、微行《おしのび》の着流し姿である上、そもそも久通は柔和な容貌をしているため、女子供に恐れをいだかせることはない。とはいうものの、商家の女将らのこの落ち着きぶりは些か尋常ではなかった。

和倉の言ったとおり、これも、田沼時代に培《つちか》われた商業至上主義の悪弊かもしれない。そもそも、お上に対する畏怖というものが欠落している。

(亭主たちが勝手にしていることだと言いながら、悪びれるそぶりもみせないのは、この程度のことで罰せられる筈もない、とタカをくっているためだ)

久通は、このとき漸く、和倉の憤りと憔悴を芯から理解した。

連日奉行所に寄せられる訴えの数は、尋常なものではない。その大半は、此度《こたび》の阿波屋と加賀屋の如く、くだらない、どうでもよいようなものばかりだ。

だが、その多くのくだらぬ訴えの中に、本当にお上《かみ》の助けを必要とする訴えが紛《まぎ》れていたりするのである。

どうでもよい訴えに忙殺されて、大切な訴えを見逃してしまうようなことがあってはならない。それ故の、和倉の怒りなのだ。久通も全く同じ気持ちであった。

しかし、いま目の前にいる女房たちにその怒りをぶつけようとは思わない。

「では、そなたらは、宗一郎とお琴が仲良うすることには一切咎《とが》めだてしなかった、ということだな？」

「咎めだてする理由などございません。ねえ、お春ちゃん？」

「はい、お千代姉さん」

「では、そなたらは、仮に宗一郎とお琴が夫婦となっても異存はないのだな？」

久通は、ここぞとばかりに念を押した。

何故か主人同士のあいだでだけ拗《こじ》れた両家の縁を元に戻してやろう、と不遜にも目《もく》論《ろ》んでいたのだ。

「異存なんて、あるわけございません」

「ええ、ありませんとも！」

二人はともに強く主張した。

「もしそうなれたら、なんて素敵なんでしょうね、お千代さん！」

「ええ、お春ちゃん。宗一郎とお琴ちゃんの子なんて、もうどうしたって可愛《かわい》いに決まってますよ！」

半ば夢見心地な顔つきながらも、しっかりとした母親の口調であった。

矢張りこの二人は、世の常の母親なのだ。町奉行の久通に対する不遜な態度は些か気になるが——。

「では、そうなるために、そちらの亭主たちにはしばし牢に入ってもらうことになるかもしれぬが、それでもよいか？」

「………」

久通の問いに、一瞬間息を呑んで顔を見合わせてから、

「はい、かまいませぬ。どうぞ、お好きなだけ」

「なんなら、ずっと入れといていただいてもかまいません」

お千代とお春は口々に答えた。

答えてから、ともに団子の最後の一本を食し、茶を飲み干す。

「本当にかまわぬのか？」

その動じぬ様子に久通のほうが不安になり、念を押したくらいである。

「はい」

「お奉行様のお沙汰に従います」

茶を飲み干してから嫣然《えんぜん》答えてのけた二人は、ともに至福の表情であった。

久通の話の内容などは正直どうでもよい。未だ芝居の余韻が醒めきらぬところに、微行の町奉行が現れるという、まるで芝居の続きのような状況におかれたことを、素直に楽しんでいる。亭主が捕らえられ、牢に入れられるかもしれないと知っても、心は少しもその現実に向かない。

否、寧ろあれこれ口やかましい亭主が牢に入ればせいせいする、くらいの気持ちなのかもしれない。

(女は怖いな)

心中密かに舌を巻くしかなかった。

三

「はぁ?」

「いまなんとおっしゃいました?」

そのとき、阿波屋宗右衛門と加賀屋徳太郎は、ともに狐《きつね》に摘《つま》まれたような顔で久通を見返してきた。

二人とも、年の頃は四十半ば。ともに小肥りである。

十組問屋の問屋仲間を務めるほどの大店の主人にしては、些か——いや、かなり間抜けな顔をしている、と久通は思った。

要するに、二人とも親のあとを継いだ二代目なのだ。たいした苦労はしていない。大店の嫁という、なかなかに気骨の折れる歳月を過ごして賢くも逞《たくま》しく成長した女房たちとは雲泥の差である。

それ故久通は、

「阿波屋宗右衛門、加賀屋徳太郎、両名の者、重ね重ね奉行所を軽んじ、侮辱したる罪にて、百日間の入牢を申し渡す」

仕方なく、全く同じ文言を、二人に向かってもう一度口にしなければならなかった。

「…………」

一瞬間、二人は耳を欹《そばだ》てて久通の言葉を聞いた筈である。

で、ありながら、

「て、手前どもが入牢？」

「牢に入るのでございますか?」

しばし言葉を失った後、なお久通の下した沙汰が腑に落ちぬらしい顔つきで問い返してきた。

そもそも、今日奉行所に呼び出されたのは、いつものように、訴状のことで相応の叱りをうけるだけだと思っていたのだろう。ともに、黒紋服に袴《はかま》を着けた正装でやって来た。

が、いつものように座敷にあげてもらえず、案内された先が白砂の敷かれたお白洲であったことには、多少なり驚いた筈である。

仕立てのよい真新しい袴で、薄汚い筵《むしろ》に座らせられることには抵抗があったが、老中の交替とともに世の中が変わり、商人の地位が軽んじられるようになってきた故の冷遇であろう、と受け取った。

(和倉の言うとおりだな)

その愚鈍そうな顔つきを見るうち、久通はさすがに腹が立ってくる。

算盤《そろばん》勘定には人一倍長《た》けている癖に、人と人との繋がりとか、世の理《ことわり》とかいうことには全く疎《うと》い。それ故にこそ、如何に愚かな訴えを続けていても、なんのお咎めもないと思い込み、タカをくってもいたのだろう。

「不服か？」

怒りを喉元に堪《こら》えつつ、最後通牒のつもりで、久通は問い返した。

「はい」

とはさすがに即答せぬまでも、満面にその意志を表した顔つきで、宗右衛門と徳太郎は久通を見返してきた。

久通はしばし沈黙して二人を見据えた。

「なれど、解せませぬ」

「はい、解せませぬ」

先ず宗右衛門が言い、
徳太郎がそれに続く。

「なにがだ？」

「手前どもは、互いの息子と娘を訴えているのでございます」

「なのに何故手前どもがお白洲で裁かれ、牢に入らねばなりませぬ？」

「合点がゆきませぬ」

「ええ、合点がゆきませぬとも！」

思いきって声を張りあげたことで、体の奥から力が湧いてきたのだろう。二人は口々に大声を放った。

「お答えください、お奉行さまッ」

「お答えください、お奉行さまッ」

久通はしばし口を閉ざし、内心呆れ果てて二人を見返した。蓋し、己らの正しさに言い負かされた久通が言葉を失ったとでも思っているのだろう。すっかり勝ち誇った顔つきである。

「そちらの悪行が、すべて露見したからだ」

だが久通が冷ややかに言いはなった瞬間、二人の面上から表情が消えた。

「え？」

揃って久通を凝視する。

再び、狐に摘まれた表情である。

「そもそも、ありもしない『拐かし』の罪をでっちあげ、執拗に奉行所の手を煩わせたるは、なんの存念があってのことか？」

「………」

「そちらが申し立てておる、『拐かし』とは、そもそもなんのことを指すのだ。一昨年の大晦日、宗一郎とお琴の二人が品川宿近くの辻堂にて一夜を過ごした折のことを申しておるのか？」

「…………」

無言のまま久通を見返す二人の表情は、くるくるとよく変わる。驚き、焦り、慌て……その結果、最後に恐怖の感情だけが残ったようだ。

「もし、その折のことを『拐かし』と言い張っておるなら、それこそが、虚偽の申し立てだと言っておるのだ」

「え？　そ、それは一体？」

「ど、どういうことでございましょう？」

「あの日宗一郎とお琴の二人は、たまたま散歩に出て通りで出会《でくわ》し、ともに町内を散歩をいたした。幼馴染み同士が顔を合わせたのだ。それは楽しかろう。……あまりに楽しい散歩となった故、つい時を忘れ、遠くまで行き過ぎてしまった。そのうち日が暮れ、雪も降り出した。仕方がないので、たまたま通りかかった辻堂にて雪をしのいだ。……それだけのことであろう」

「お、お待ちください、お奉行様」

「一体何処の誰が、そのような戯《ざ》れ言を？」

「この慮外者《りょがいもの》めがッ」

交々《こもごも》と口を挟もうとするのを、久通は厳しく一喝した。

「以上のことは、我が配下である与力同心たちが懸命に調べあげたのだ。それを、戯れ言と申すか？」

「あ、い、いいえ……」

「断じてそのようなつもりでは……」

二人は口々に述べてその場に両手をつき、深々と頭《こうべ》を垂れる体勢をとる。

絹物しか身につけたことのないその柔らかな手に、湿った筵の感触は気持ち悪かったが、仕方ない。初対面のお奉行様の怒りを鎮めるには、兎に角頭を垂れるしかない、と商人の勘で察したのだろう。

もとより、そんなことで久通の怒りが鎮まるわけでもなかったが。

「では、どういうつもりで、斯様な虚偽の訴えを起こしたのだ？」

久通の言葉に、宗右衛門も徳太郎もいよいよ深く項垂《うなだ》れるばかりである。

「お上に対する反抗心からか？」

「い、いいえ、滅相もございませんッ」

深く項垂れたまま、見事に声を揃えて二人は言う。

「断じて、そのようなことはございませんッ」

「何故偽りの申し立てをしたか、それを聞いておるのだ」

「…………」

「お上を軽んじる所業に相違あるまい？」

と畳み掛けられ、

「…………」

二人はともに絶句した。

徐《おもむろ》に顔をあげ、久通を見返す目には、不満の色がありありと湛《たた》えられている。

頭を垂れた擬態とは裏腹、さほど恐れ入ってもいないらしいその表情を一瞥した途端、久通にも漸く火が点いた。

久通の口調は冷ややかではあるが、荒々しくもなければまださほどの怒気を含んでもいない。極めて静かな口調である。表層的な物の見方しかできぬ者たちにとって、それは恐れるべき相手ではないということだ。

(本来こういう大袈裟な芝居は、俺の柄《がら》ではないのだが……)

少しく躊躇《ためら》う気持ちを、

(舐《な》められてなるものか)

懸命に奮い立たせ、

「まだ、得心できぬか、この外道《げどう》どもッ‼」

久通は渾身《こんしん》の怒声を放った。

宗右衛門と徳太郎の表情は即ち凍りつき、最早一言の異を唱えることもしない。その体は、本人たちの意識とは無関係に小さく震えていた。

「得心できねば、なんとする？　いま一度、訴えてみるか？」

「………」

「だが、金輪際それはできぬぞ、宗右衛門、徳太郎。奉行所は、そちらの暇つぶしの場所ではないのだ」

すると久通のその言葉に、二人は画然《かくぜん》物言いたげな顔になる。

（ここだ！）

と、久通は感じた。ここで、畳み掛けねば、こやつらはまた久通を軽んじ、言い逃れようと試みる。それ故、

「獄門首にならぬだけ、有り難いと思えッ」

更なる怒声を発しざま、勢いにのってその場に立ち上がった。立ち上がり、白洲の二人に向かって、ドン、と強く床を踏みならす。もとより、憤怒の形相を見せて──。

「………」

奉行の渾身の憤怒を目の前にして、宗右衛門と徳太郎は、ともに絶句し、今度は激しく身を震わせる。

「畏《おそ》れ入れッ！」

久通は一方的な恫喝《どうかつ》を続けた。

二人は当然、畏れ入る。筵の上に両手をつき、深々と頭を下げてゆく。

「うぬら、一体どういうつもりで、斯様に愚かしい訴えを続けてきたのだ？　真《ま》に受けた奉行所が、宗一郎とお琴に、まこと『拐かし』の罪を科すとは思わなかったのか？」

「…………」

宗右衛門も徳太郎も、ただただ畏れ入るばかりでもう一言とて答えることはできない。

「拐かしの罪であれば、軽くて江戸払いか敲《たたき》、重ければ遠島だぞ。そうなることを、覚悟しておったのか」

「…………」

「どうなのだ、宗右衛門、徳太郎ッ」

答えぬ二人に対して、更に己を奮い立たせつつ、久通は懸命に恫喝の言葉を放ち続ける。

「答えぬか？　答えぬということは、即ち罪を認めたということだな？」

「え！」と驚き、「いえ、断じてそのようなことは――」と主張したい気持ちは、二人の背中からありありと読み取れた。

読み取れたがしかし、それを慮《おもんぱか》ってやるつもりは、久通にはさらさらない。

それどころか、できれば座ったまま失禁するくらいの恐怖を与えたいのだ。

「では、どうする？」

今度は、恫喝の声色ではなく、ごく普通の声色口調で久通は問うた。

「…………」

二人は無言で顔をあげる。

「入牢がいやなら、江戸払か、敲という手もあるが？」

「た、敲……」

「せいぜい、五十かそこらでよかろう。……百も敲けば、うぬらのように腑抜けた体の持ち主どもは死ぬからのう」

「…………」

「どうだ。度胸を決めて、敲にしてみるか？　五十くらいであれば、それこそ一刻とかからず終わるぞ。……三月《みつき》も牢に入るのと、どちらがよい？」

情け容赦のない久通の問いに、答えられるわけがなかった。

答えられぬままにゆっくりと顔をあげ、ただ情けを乞うるような顔つきで、一心に久通を見つめ返しただけだった。

四

阿波屋宗右衛門と加賀屋徳太郎を奉行所内の仮牢に入れてから三日が過ぎた。

「何故伝馬町《てんまちょう》送りにいたしませぬ？」

二人に対して含むところのある和倉は厳しい口調で久通に詰め寄ったが、さすがにそこまで大事《おおごと》にするつもりはない。

二人に対しても、「入牢百日」と申し渡したが、それもただの脅しである。

贅沢《ぜいたく》な暮らしに慣れきっている大店の二代目主人のことだ。不自由な牢生活が肌に合わず、すぐに泣きを入れてくるに違いない。数日のあいだ不自由を強《し》いれば、充分に思い知らせることはできるだろう。

そうして青息吐息となったところで、

「充分に反省いたしました」

「お上を軽んじるような真似は金輪際《こんりんざい》いたしません」

と心から畏れ入らせて、帰してやればいい。長年かけて培《つちか》ってしまった武士や武士階級に対する侮《あなど》りの心がそれで容易に消えてなくなるとは思えないが、奉行所も、奉行も、己らの意のままにはならぬもの、下手《へた》に関われば痛い目を見る、ということさえ骨身に染みれば、それでいいと久通は思っていた。

「お奉行様」

亥《い》の刻過ぎ、居間で書見をしているところにふと廊下側から声をかけられた。

「少々よろしいでしょうか」

「荒尾か」

声の主はすぐに知れた。

月夜であるため、大柄なその影が、はっきり障子に映っている。

「どうした？」

身を捩《よじ》って障子に手を伸ばし、引き開けながら久通は問い返す。

「それがしとともに、いらしていただけますでしょうか？」

「別にかまわぬが……」

書見台の冊子を閉じながら久通は口走りつつも、

（この時刻に？）

些か疑問に思わぬこともない。

亥の刻過ぎであるから、宿直の者以外は既に奉行所を去ったであろう。ということは、今宵は荒尾が宿直なのだ。

宿直の者が夜間役宅で寛《くつろ》いでいる奉行のもとを訪れるのも別段珍しくはないが、余程の事態が出来《しゅったい》した、ということになる。

「なにがあった？」

立ち上がって部屋を出る際、低く声をおとして久通は問うた。

早寝の半兵衛はとっくに長屋で寝ていることだろうが、内与力の風間は毎夜遅くまで帳簿をつけたり、墨や筆など消耗品の在庫を確認したりと、役宅の何処かであれこれと作業をおこなっている。それも、久通の動向を常に気に掛けながら、だ。

久通が茶や水を欲すれば、すぐにそれを察して駆けつける。

それ故、荒尾との話し声を、風間にはあまり聞かせたくはなかった。荒尾がやって来て、久通に非常事態の出来を告げた、と知れば、風間は忽《たちま》ち己に出来ることをせねば、と身構える。

半兵衛で事足りる程度の些細な用事で、いちいち風間の手を煩わせたくはなかった。

「いえ、特になにがあったというわけではないのですが……」

だが、先に立って歩き出しながらも、荒尾の口調は曖昧《あいまい》で、一向に要領を得ない。

「なんだ？」

「お奉行様にも、聞いていただきたいのです」

「なにをだ？」

という久通の問いには答えず、荒尾はズカズカと渡り廊下を進んで行く。久通を奉行所へ誘《いざな》おうとしていることは間違いなかった。

荒尾が久通を連れて行ったのは、奉行所の仮牢であった。

が、いまは他に取り調べ中の下手人《げしゅにん》はおらず、阿波屋宗右衛門と加賀屋徳太郎が起居するのみである。

「阿波屋と加賀屋が音《ね》をあげておるのか？」

久通は問うたが、それには答えず仮牢の入口まであと十間あまりという石畳の上で、荒尾はつと足を止めた。更には、

「どうか、お静かに」

と低く囁《ささや》く。

意味のない行動をとる男ではない。久通は瞬時に察して、

「なにがあった？」

と目顔で問い返した。

「入牢したその日は、仲が悪いとの触れ込みどおり、互いに背を向け合い、一言も言葉を交わさずにおりました」

密やかな声音で、荒尾は囁く。

「その次の日も、次の日も、遂に一言も喋らず、ただ与えられた飯を食い、食えば即ち寝ていたそうでございます。……ところが」

「ところが？」

久通はつい堪えきれず鸚鵡《おうむ》返しに問い返した。勿論、荒尾と同様の囁く声音で。

「三日目ともなり、とうとう堪えきれなくなったのか、言葉を交わしはじめたのでございます」

「阿波屋と加賀屋が、か？」

「仲が悪いとはいえ、そもそも同じ家業の者同士、話し相手に困れば言葉を交わすのも当然でございます。そう思うて、はじめは気にもとめなかったのですが、どうも、

おかしなことを口にいたしておるようで……」

「おかしなこと、とは？」

「ですから、お奉行様に聞いていただきたいのでございます」

「いまも喋《しゃべ》っておるのか？」

「はい、なにやらひそひそと……」

「だが、牢内はもうとっくに消灯されておるだろう」

「牢内では終日寝ております故、夜になっても眠くはならぬのでございましょう。

……しかし、商売のことなどを話すのかと思いきや――」

「思いきや？」

「それがしが、商人のことに疎《うと》い故なのか、それとも、もっと商人の事情に通じた者が聞けばなにが腑に落ちぬのかわかるかもしれぬと思いまして……」

「俺は、それほど商人の事情に通じてはおらぬぞ」

久通は困惑したが、

「兎に角、聞いてみてくださいませぬか」

荒尾に懇願されると、無下に断れる筈もない。

そこで、足音を消して仮牢に近づき、牢内の話し声が聞き取れるあたりで足を止める。

「だから、やめときゃよかったんだよ」

嘆くような口調は、徳太郎の声だとすぐにわかった。

「俺は何度もやめよう、って言った筈だよ」

だが、宗右衛門は言い返さず、徳太郎がなお言葉を続ける。

「もう、あれから一年も経ってるし、今度のお奉行は今大岡《いまおおおか》とか言われてるすごいお人だって言うし……こんなことになるんじゃないかと思ってたんだよ」

「喧《やかま》しいぞ、徳」

漸く、さも五月蠅《うるさ》そうに、宗右衛門が言い返した。

「何度も何度も、同じことを言うな」

「何度だって言うよ。俺はあれほどやめようって言ったのに、急にやめたら疑われるからって、お前が言い張ったんだろう」

「だから、なんだ」

「だから、いまこんな羽目に陥ってるんだろうがよ、宗さん」

「…………」

宗右衛門が言い返さなかったのは、徳太郎に言い負かされたわけではなく、無限に繰り返される彼の愚痴にうんざりしているが故だということが、立ち聞きをはじめたばかりの久通にも容易《ようい》に理解できた。

そして、宗右衛門のほうは徳太郎のことを「徳」と呼び捨てにし、彼を罵《ののし》りながらも、徳太郎は「宗さん」と呼ぶ。二人の関係性もうっすらと窺《うかが》い知れる。

「もう、無理だよ、宗さん。……こんなところに、もう一日だっていられやしないよ」

徳太郎の声は悲しく震えた。

震える声音で訴えられて、宗右衛門も胸を打たれたのだろう。

「俺に当たるのはいいが、泣き言はやめろ、徳」

心なしか、優しい口調で徳太郎を宥める。

「だって……」

「百日我慢すりゃ、出られるんだ」

「だから、もう一日だって我慢できないって。飯は不味《まず》いし、床は固いし……家に帰りたいよ」

「だったら、もう寝ろ。夢の中では、美味《うま》い飯も食えるし、やわらかい布団にも寝られるだろうよ」

「昼寝したから、全然眠くないよ」

「なら、黙ってろ。……人に聞かれたらどうするんだ」

「聞かれたって、いいよ。もう、家に帰りたいよ」

宗右衛門にいくら窘《たしな》められても、徳太郎の泣き言はひどくなってゆく一方だ。根性のない相棒をもったおかげで、宗右衛門も苦労するな、と久通が内心同情したくなったほど、聞きわけがない。よい歳をして、まるで駄々っ子のようである。

「ねえ、宗さん……」

「なら、てめえは、あのこと知られてもかまわねえってのか？」

遂に堪えかねたのか、宗右衛門が不意に凄味《すごみ》のある口調で言った。

徳太郎は即ち沈黙する。

「俺の恥が、世間に知られても、かまわねぇってのかよ」

「…………」

宗右衛門の言葉には、一瞬にして徳太郎を黙らせる力があるようだった。

（あのこと？）

久通は当然それを不思議に思う。

徳太郎に向かって凄んだ際の宗右衛門の言葉つきは、到底大店の二代目とは思えぬものて、声だけ聞いていると破落戸《ごろつき》ではないかと錯覚するほどだった。それは即ち、知られてはいけない「あのこと」の重大性を証明している。

(あのこととは一体なんだろう?……宗右衛門の恥とは?)

その側らでは荒尾が固唾《かたず》を呑み、一途に久通の言葉を待っているということも忘れ、久通は考え込んだ。

(それを隠すために、あの二人は愚かな訴えを繰り返していたということか。……だが、互いの息子と娘を『拐かし』などという、軽くもない罪で訴えねばならなかった「あのこと」とは……)

「あの…お奉行様——」

密やかな声音で囁きかけられ、久通は漸く我に返る。

「如何《いかが》でございます?」

「ああ、確かに妙だ」

肯きながら、久通はその場を離れるため、荒尾に背を向けた。背を向ければ即ち歩き出す。足早に仮牢から離れるためだった。荒尾は慌ててそのあとを追う。

そして、もう充分離れた、と思える裏庭の外れまで行ったところでふと足を止め、荒尾を顧みた。

「今日よりしばらく、交替で奴らを見張り、囁き交わされる言葉をすべて書き留めるのだ」

「え？」

「あやつらが、なにか隠し事をしていることは間違いあるまい。が、互いの子らを訴えるなどという愚かな真似《まね》をしてでも隠し通したいほどの秘事だ。問い詰めたところで、容易には明かすまい」

「…………」

「或いは、二人を引き離し、徳太郎のみ脅す、という手もあるが、できればあまり手荒な真似はしたくない」

と言いつつ、もし容易に知ることができぬ場合は、それもやむなし、と久通は考えていた。兄貴分の宗右衛門はやや手強そうだが、甘えた駄々っ子の徳太郎であれば、「拷問にかける」と脅しただけで、すぐに口を割るだろう、と久通は思った。

そう思っている久通の、月影に映えた端正な横顔を、荒尾は無言で見つめていた。

（やはりお奉行様に知らせてよかった。このお方の眼力は世の常の者とは違う）

荒尾は荒尾で、己の判断が正しかったことに、内心多大な歓びをおぼえながら。

五

それから数日、荒尾と彼の同僚の同心数人は、久通の指示に忠実に従った。即ち、終日交替で仮牢を見張り、宗右衛門と徳太郎の交わす言葉に耳を傾けた。そしてそれを逐一《ちくいち》書きとめ、久通に報告した。

もとより、それと並行して、阿波屋と加賀屋の関係についてもより詳しく調べさせた。

布や織物などを扱う内店組《うちだなぐみ》の他の株仲間たち、近所の者から贔屓《ひいき》の客まで、両家と関わりのある者たちのところへ聞き込みに行かせた。彼らの両親である向島の隠居の許《もと》へは、久通自ら出向いて話を聞いた。

先代たちはそれぞれ同じお店に奉公し、同じお店でともに長年番頭を務めた間柄である。そんな両家に親しいつきあいのないわけがなく、宗右衛門と徳太郎もまた、仲の良い幼馴染みとして育った。

大人になってもそれは変わらなかったが、それぞれの家業を継いでからは、主人としての務めに忙しく、つきあい自体は多少疎遠となった。

宗一郎とお琴の駆け落ち騒ぎが起こったのは、まさしくそんな頃のことらしい。

「歳も近いし、なんなら将来はお琴ちゃんを宗一郎の嫁に、なんて話もあったんですよ」

「二人は、小さい頃から、本当に仲がよかったものでして」

「まあ、お琴ちゃんは一人娘なんで、嫁にもらうといっても、そう簡単な話ではなかったでしょうが」

「でも、そんなの、別にどうってこたあねえでしょうよ。元々、阿波屋さんとうちとは親戚みたいなもんなんだし」

隠居たちは口々に言い合ったあとで、

「それなのに、宗右衛門の阿呆《あほう》が、突然加賀屋とはつきあうな、なんて言い出しやがって。もう、あきれましたよ」

「そうそう、徳太郎の奴も、同じようなことをぬかしてましたなぁ。……てっきり、つまらねえ喧嘩でもしたのかと思いましたが……」

漸く、久通の聞きたかった話の核心に迫った。

「どんな経緯《いきさつ》があったのだ？」

それ故、些か身を乗り出し気味に久通は問うたのだが、

「それが、全くわかりません」

「頑《がん》として、理由を言おうとしないんです」

「理由を言わないのは、どうせたいしたことじゃないからなんでしょうが」

「宗一郎さんとお琴は、突然両家の仲が悪くなったんで、きっと不安になったんでしょうね」

「突然仇《かたき》同士になったんで、もう金輪際夫婦にはなれない、と思いつめてしまって……」

「そんな二人の気持ちも知らずに、徳太郎の阿呆ときたら……」

隠居たちの口から聞き出せたのは、結局そこまでだった。

やはり、両家の仲が仇同士のように悪いというのは、矢張りこの一年くらいのあいだのことらしい。

（それも、どうやら宗右衛門と徳太郎の二人のあいだでのみ取り決められた仲の悪さのようだな）

という確信をもったが、何故二人は仲の悪さを装わねばならなくなったのか。

その理由を、どうしても知らねばならない。

同心たちが日毎《ひごと》書きとめてくれる会話は、おそらく相当正確なものであろうと思われた。

徳太郎が夜毎こぼす泣き言、宥《なだ》めつつもときに厳しくそれを黙らせる宗右衛門の辛辣な言葉。……久通はその様子をありありと脳裡に思い描くことができた。二人の声の調子から、息遣いまでが察せられるような、ほぼ完璧な会話の記録であった。

が、徳太郎の愚痴と泣き言。それを戒《いまし》める宗右衛門の厳しい言葉。結局その繰り返しでしかないのだ。

結局久通は、当初自ら予見していたとおりの手段を用いて、二人の秘事を聞き出すしかなかった。

即ち、宗右衛門と徳太郎を引き離して別々の牢に入れ、しかる後、徳太郎のみを、話し声が外に漏れることのない拷問蔵に押し込めることだった。

「お…おゆるしください。どうか、おゆるしくださいませ」

徳太郎ははじめから泣き声をあげ、その場に両手をついて土下座《どげざ》した。肥り肉《じし》の丸い背中が激しく震えている。

(少々脅かし過ぎたかな)

久通は少しく己を悔い、ともに自らの左右に配置していた、和倉と荒尾という強面《こわもて》二人を、目顔で促して外に出した。

「顔をあげよ、徳太郎」

二人が出て行くのを待ち、久通は優しく声をかける。

が、筵の上に突っ伏したまま、徳太郎は既に号泣している。容易に顔をあげるわけがない。

（いくらなんでも、あまりにも意気地がなさ過ぎるぞ、徳太郎。まだなにもしていないではないか）

そのさまを、久通は内心呆れ気味に眺めていた。

宗右衛門から引き離して拷問蔵に入れた以外、未だろくに脅しの言葉すら口にしていない。和倉と荒尾の二人を付き添わせたのがやりすぎだったとすれば、久通の不見識に相違なかった。

「もうよいから、いい加減顔をあげぬか。言うことを聞かねば、少々痛い目にあってもらわねばならぬぞ」

困惑した久通の言葉に対する徳太郎の返答は、一層激しく震えあがることだけだった。

（いっそ、宗右衛門を連れてきて、一緒に取り調べたほうがよいのかな？）

途方に暮れそうになったところで、

「…………」

漸く徳太郎が顔をあげた。

顔をあげたとき、久通の両側に強面二人がいないことを知って安堵したのだろう。

少しく表情が和らいだ。

「少々聞きたいことがあるのだが」

久通が切り出すと、

「はいッ。なんなりと！　なんでも、包み隠さず申し上げますぅッ」

まだなにを聞きたいかも口にしていないというのに、徳太郎は易々《やすやす》とおちた。

(宗右衛門に悪いとは思わぬのか)

労せずおとせたことは有り難いが、あまりに易々とおちた徳太郎を見ていると、おそらく知恵を振り絞って此度《こたび》の策を考え出したに違いない宗右衛門のことが気の毒にすら思えてくるのだった。

第三章　《百面》のおせん

一

宗右衛門が先代から阿波屋の身代を継《つ》いだのは十五年ほど前のことである。

それから間もなく、加賀屋の先代も徳太郎に後を譲って隠居した。

互いの家業を継いでからの宗右衛門と徳太郎は、そのため多忙になったということもあり、少しく疎遠になった。

そもそも竹馬の友であり、若旦那の頃には、連日の吉原通いや船遊びなど、殆《ほとん》ど顔を合わさぬ日はないくらいのつきあいをしてきた。

それ故徳太郎は、

「お互い、一家の主人となったからはこれまでのようにはいかないよ、徳」

と宗右衛門から告げられたとき、彼の言うことは充分理解できたものの、胸に冷たいすきま風の吹きすぎるが如き淋しさを、どうすることもできなかった。

それ以後、問屋仲間の寄合で宗右衛門と顔を合わせることが、徳太郎にはなによりの楽しみとなった。料亭での寄合の後は、吉原に流れて夜通し遊ぶこともある。

吉原が楽しいわけではない。宗右衛門と一緒に行くから楽しいのだ。

その機会が少なければ少ないほど、そのときの楽しみは何倍もの歓びとなる。

ここ数年、二人が顔を合わせたときの話題はだいたい同じだ。

「宗一郎さんとお琴のこと、どうするよ？」

「だって、お琴ちゃんは一人娘じゃないか」

「そうだけど……」

「一人娘を嫁に出しちまったら、お前さんのとこが困るだろ。お春さんはなんて言ってるんだい？」

「お春も、お琴は宗一郎さんに嫁がせたい、って言ってるよ。だって宗さんのとこなら、家も近いからすぐ会いにいけるしさ」

「それはそうだが……」

「お千代さんはなんて言ってるんだい？」

「まあ、本人同士の気持ちもあるだろうし、あんまりまわりが決めつけるのもな」

「本人同士だって好き合ってるさ。決まってるじゃないか」

徳太郎は力強く主張した。

後継ぎのことは、どうにでもなると、タカをくくっていた。

(なにしろ、宗さんの家とうちとは、親父の代からの仲なんだ。親戚も同然だ。その家同士が本当に親戚になったら、こんなにいいこたあないじゃないか)

宗一郎とお琴の縁談に最も乗り気であったのは、おそらく徳太郎に相違なかった。

「そうはいっても、二人とも、まだ子供だしな……」

その話題に関する限り、宗右衛門の反応は極めて鈍かったが、嫌がっているわけではないはずだ、と徳太郎は信じていた。

が、実は内心嫌がっていたのである。

(同じ家業の者同士で結びついたところでたかが知れている。宗一郎の嫁は、裕福な札差の娘がよい。それも、大藩や有力旗本と誼《よしみ》のあるような……)

宗右衛門は、苦労知らずの二代目にしては珍しく、なかなかの野心家であった。

何《いず》れは店を、先代の頃より大きくしたい、と考えている。徳太郎のようにお気楽な若旦那気質《かたぎ》の者のことも実は密かに嫌っていたが、手なずけておけばなにかに利用できることもあろうかと思い、つきあっていただけのことだ。

なんの得にもならぬ親戚づきあいなど、真っ平だった。

（まあ、そうなればなったで、加賀屋の身代をそっくりいただいてやるだけのことだがな）

野心家の上に、徳太郎には想像もつかぬほど腹黒い一面があった。


そんなある日のことだ。

例によって寄合の帰りであった。たまたま、他の問屋仲間は用があると言って早々に引き上げ、宗右衛門と徳太郎の二人だけが残ってしまった。

「みんな帰ってしまったし、今日はこのまま帰ろうか」

宗右衛門が言うのを信じられない思いで徳太郎は聞いた。

「なんでだい！」

言い返したい言葉を辛うじて呑み込み、

「どうして？　折角こうして顔を合わせたんだもの、もう少し飲もうよ」

徳太郎は誘った。

「しょうがねえなぁ」

宗右衛門はさも面倒くさそうな顔をした。

二人で飲めば、どうせまた宗一郎とお琴の縁談話になるに決まっている。宗右衛門にとってはどうでもいいような無駄話にも等しい。いや、ある意味無駄話よりタチが悪いかもしれなかった。

「宗さん、近頃なんだか変だよ」

道々徳太郎に指摘されて、宗右衛門は内心ギクッとした。

ボンクラ二代目のくせに、妙に鋭いところがある。とりわけ、子供の頃から身近に接している宗右衛門の心の機微となると、相当五月蠅《うるさ》い。

「まるで、あたしのこと、避けてるみたいだ」

「そんなことはないよ」

些《いささ》か恨みがましさのこもる徳太郎の目つきに閉口しながら宗右衛門は応え、更にすらすらと言葉を続ける。

「昨夜もお得意先とのつきあいで遅くまで飲んでたもんだから、ちょっと疲れてるだけだよ。……少しだけなら、つきあうぜ」

「本当かい！」

徳太郎の愁眉《しゅうび》は忽《たちま》ちひらき、満面に喜色が溢れた。

「ああ、ちょっとだけだぜ」

「いいよ、いいよ。ちょっとだけでも。……何処に行く？　久しぶりに吉原《なか》へ登楼《あが》ろうか」

「吉原に登楼ったら、ちょっとだけってわけにはいかなくなるだろ。……そこいらの縄のれんでいいじゃないか」

徳太郎に調子を合わせつつも、主導権は握らせない。

「そうだ。この先に、何度か行ったことのある料理茶屋があったっけ。……あそこなら、少しの肴《さかな》でも酒が飲める」

と宗右衛門が徳太郎を誘った店には、もとより徳太郎も何度か行ったことがある。仕立てのよい染め抜き小紋に黒無地の羽織という風体《ふうてい》の大店《おおだな》の主人が出入りしても不自然ではない程度の店である。

「ここは、湯葉巻《ゆばまき》が美味《うま》いんだ。湯葉巻と、先ず酒を二合もらおうか」

二人を席へと案内した店の小僧に向かって、得意気に徳太郎は注文した。

「ちょっと厠《かわや》に行ってくるよ」

席に着く前に、宗右衛門は一旦座を外した。厠に行きたかったのは本当である。厠は、コの字型に作られた料理屋の最奥にある。

厠から戻る際、中庭の隅で泣いている女がいることに気がついた。紫《むらさき》の縞縮緬《しまちりめん》を身につけた町屋の女房に思われた。

「どうしました？」

宗右衛門は思わず女に尋ねていた。

徳太郎の許《もと》へ戻るのがいやで、少しでも先延ばしにしたかった。無意識に、柄《がら》にもない行動をとってしまった理由は、大方そんなところだろう。だが、

「………」

女は顔をあげ、泣き腫らした目で宗右衛門を見返した。

（え……）

宗右衛門はそのとき黙って息を呑むよりほかなかった。女の、あまりに意外すぎる美しさに、一瞬にして心を奪われたのだ。

「ど、どうして泣いてるんです？」

「………」

女は、ただ涙に濡れた瞳をじっと凝らして宗右衛門を見つめるだけである。

年の頃は、二十四、五。或いはもう少し上かもしれない。世間的には年増と言われる年齢に手が届きそうだが、四十半ばの宗右衛門の目には充分若く見えた。しかも、

ひと目見ただけで、瞬時に魂を奪われずにはいられぬほどの美女……。

「のう、何故そのように悲しげに泣いておられる？　そのわけを、話してはくれぬか？」

宗右衛門は懸命に女に問うた。

「手前は、阿波屋宗右衛門と申す商人《あきんど》でござる。金でどうにかできる話であれば、相談にのれますぞ」

「………」

女は少しく小首を傾げて宗右衛門を見つめ返した。

涙に濡れているせいなのか、黒い瞳に月明かりがさして艶《つや》やかに輝いて見える。

「旦那様は、何故そのような優しいお言葉をおかけくださいます？」

女の話す声音は、まるで、南蛮の高価な玻璃《はり》をふるわすかのようだった。宗右衛門はすっかり狼狽《うろた》えてしまった。

「な、何故と言うて……」

「旦那様とわたしは、いまはじめてお目にかかったばかりではありませぬか」

「………」

宗右衛門は容易《たやす》く答えに詰まった。

はじめて会ったばかりの女に自ら声をかけるなど、宗右衛門にとってもはじめての経験で、何故自分がそんな真似をしているのか、自分で自分の気持ちがよくわからない。

「わたしは、おゆきと申します」

答えぬ宗右衛門をじっと見つめながら、漸く女は名乗った。

「おゆきさん」

「はい。……この先の畳町《たたみちょう》に住む、大工の半六《はんろく》の娘でございます」

「そ、そうか、大工さんの……」

「そのおとっつぁんが……」

言いかけて、おゆきと名乗った女は忽ち言葉に詰まった。再び、悲しみがこみ上げたのか、袖で顔を被《おお》って嗚咽《おえつ》する。

「ど、どうなさった、おゆきさん？」

宗右衛門は慌てて問うことしかできない。

「な、なにがそれほど悲しいのですか。…話していただければ、この阿波屋宗右衛門、必ずお力になれましょうほどに——」

「いいえ、そんな……」

嗚咽を堪《こら》えつつ、おゆきは言う。

「たったいまお会いしたばかりのお方に、なにも……お願いできる道理がございませ
ん」

「そんなことはない」

宗右衛門は断固として主張した。

「ここで、こうして出逢うたのもなにかの縁というものだ。神仏のおひきあわせとい
うものですぞ」

一瞬にして恋におちた男は、己を顧みる余裕もなく、およそ自分らしくない言葉を
連発した。

「それ故、なんでも、遠慮なく言うてみなされ、おゆきさん」

「おとっつぁんが……」

「おとっつぁんが、どうしなさった？」

「博打《ばくち》で借金を……」

「い、如何ほど？」

「三十両…です」

「三十両か」

「わたしが、身を売ればいいのです」

「え?」

「もうそんなに若くはないので、それほど高くは買っていただけないのですが、

「十両で、品川《しながわ》の岡場所に……あとの十両は働きながら、少しずつ……」

「駄目だッ」

宗右衛門は思わず口走った。

「品川の岡場所なんて、あんなところ、絶対に駄目だ」

「…………」

「たかが二十両くらいの金で、岡場所なんかに身を売ることはない。……あんなところに身を堕《お》としたら、おしまいだ」

「ですが、二十両なんてお金、とても返せません」

「手前が用立てましょう」

「え?」

「おゆきさんが身を売っても、十両にしかならぬのでしょう。それはあんまりだ。歳がどうのとか、あまりに非道《ひど》い話だ。おゆきさんには充分二十両以上の値打ちがある」

「それ故、二十両は手前が用立てる。その代わり……」

「…………」

そこまで言って、宗右衛門はさすがに言い淀んだ。

吉原はもとより、それなりの女遊びは経験してきた。その結果、女に無用の夢を見ることはなく、妓楼《ぎろう》へ登楼るのもつきあいの一つと割り切って過ごしてきた。

女房のお千代は人並みの器量の女であったが、格別の情欲をそそられるということもなかった。吉原に登楼っても、太夫を贔屓《ひいき》にするほど金を注ぎ込んだこともない。

(多少容姿が違うだけで、女はみんな同じようなもんだ)

と思って生きてきた宗右衛門にとって、或いはそれが初恋だったのかもしれない。

それ故に、純粋な思いだった。

二十両の借金を用立ててやるかわりに、その見返りとして、

(自分のものになってほしい)

という言葉を、容易に口にすることはできなかった。

「それで宗右衛門は、その料亭で出逢ったばかりの女に気前よく二十両の金をくれてやったというのか？」

「はい」

久通の問いに、徳太郎は小さく肯《うなず》いた。

久通の表情が変わる様子など、全く気にも止めていない。

兎《と》に角《かく》夢中ですべてを喋りきった後、久通からの質問にも忠実に答えた。

もっとも、宗右衛門の胸中を知り得よう筈もない徳太郎には、己の主観でしか語れなかったため、久通は徳太郎の説明が足りない大部分を想像で補完するほかなかったのだが。

「それで、何故そのほうは、宗右衛門に二十両を都合してやったのだ？」

「だって、宗さんから頼まれたら、いやとは言えませんよ。なにしろ、宗さんとあたしの仲ですからね」

「いや、そういうことではなくて、二十両くらい、なにもお前に頼らずとも、宗右衛門は自分で出せるであろう」

「それは……」

徳太郎はしばし首を捻《ひね》ったが、

「宗さんが、本当に心をゆるしてるのは、このあたしだけだからじゃありませんかね」

久通が納得するような答えを口にすることはできなかった。

すべてを話し終えたつもりでいるから、すっかり気が楽になったのだろう。面上には、うっすらとした笑みすら滲んでいる。

(こやつは、救いようのない阿呆《あほう》だな)

そのあきれるほど人の好さそうな温顔《おんがん》を眺めながら、久通は思った。

徳太郎の話を聞く限り、宗右衛門とは相当抜け目のない人間だ。徳太郎が思うほど、根が善良なわけがない。

うっかり女の色香に迷い、金を奪われてしまったが、取り返せないとわかったとき、手近なところから取り返して損失を補塡することにした。そういうことではないのか。

そして、手近なところとは即ち、徳太郎だった。お人好しの徳太郎は、宗右衛門に頼まれればいやとは言えない。

「必ず返すから」

という口先だけの約束を信じて、いつまででも待つだろう。催促も、一切しないに違いない。

(その上、仲が悪いふりをして、徳太郎と疎遠になれば益々好都合だ。腹黒い男だ。

それにひき替え――)

たとえ久通の口から、

「お前はまんまと二十両の金を奪い取られたのだぞ。宗右衛門にはハナから返す気などないのだ」

と教えてやっても、徳太郎は絶対に信じないだろう。昨日今日会ったばかりの町奉行の言葉などより、四十年来つきあいのある宗右衛門を信じる。徳太郎はそういう男だ。

（まあ、それで当人が満足しているのだから別によいか）

問題は、「博打で借金を作った大工の娘・おゆき」を名乗り、宗右衛門から二十両の金を騙し取った女の正体である。

女は、宗右衛門から金を受け取ると、さっさと姿を消してしまったというから、金目当ての騙《かた》りであることは間違いない。しかも、女から教えられた家に宗右衛門が行ってみると、確かにそこには、飲んだくれの半六という大工が住んでいたと言うから、手が込んでいる。多少調べられてもいいように、実際に存在する大工の名を利用したのだ。

が、それもすべて、徳太郎が宗右衛門から聞かされた話が真実であったとしたら、の話だ。

「お前は、その女の顔を覚えていないのか？」

「あたしは、料理茶屋で宗さんとその女が話し込んでるのを離れたところから見ただけなんで、よく覚えておりません。……そのときはてっきり、宗さんの知り合いだとばかり思ったんですがねぇ。なにやら、しんねこな様子でしたから」

「そうか」

徳太郎の言葉に耳を傾けている風を装いながらも、

(騙り女が実在するとすれば、ここから先は宗右衛門本人に話を聞くしかないな)

だが久通の興味は既《すで》に正直者の徳太郎からは離れ、腹黒い宗右衛門のほうに向いている。

(しかし、こやつと違って、宗右衛門は蓋《けだ》し手強かろうな)

宗右衛門とその女のあいだにどのような経緯があるとしても、容易に口を割る筈がない。お互いの息子と娘を奉行所に訴える、という思いきった手を使ってまでも、隠そうとした真相である。

(果たして、俺におとせるかな)

久通には自信がなかった。

が、その場合は科人の取調べに慣れた和倉にやらせてもよい。和倉ならば、金の力でなんでも罷り通ると驕《おご》っている宗右衛門を快く思っていまいから、容赦はしないだろう。

二

久通が予想していた以上に、宗右衛門は手強かった。

「徳太郎が全部吐いたぞ」

と告げた、その瞬間こそは、さすがに顔色を変えたものの、すぐに、

「手前と徳太郎は、ご承知のとおり、仇《かたき》同士のようなものでございます。奴がなにを吐いたかは存じませんが、どうせ手前を陥《おとしい》れるための出鱈目《でたらめ》でございましょう」

と鼻先でせせら笑ったきり、頑《がん》として口を閉ざしてしまった。

「行きずりの女に騙されて、うかうか二十両盗られたなんて、そりゃあ、恥ずかしくって、人に知られたくはなかろうなぁ。体裁の悪いことこの上ない」

宗右衛門の表情に注目しながら、久通は懸命に挑発するような言葉を述べた。

「徳太郎と違って、お前はなかなかの利口者のようだからなぁ」

「…………」

嬲《なぶ》るような久通の言葉に、宗右衛門の顔色はそれなりに変わるものの、反論してくる様子はない。

「だからといって、加賀屋と仲の悪いふりまでする必要があったのか？　ましてや、互いの子を拐かしで訴えるなど、とんだ茶番ではないか」

久通の言葉に耳を傾けるつもりはないと言わんばかりに、項垂《うなだ》れて顔を俯《うつむ》け、剰《あまつさ》え目を閉じている。

「確かに、奉行所に訴えるなど、よくよくのことだ。お前たちの仲の悪さを世間は疑わぬだろう。だが、徳太郎ならば、お前に口止めされれば、よもや漏らすことはなかったろう。己が金を騙し取られたことにも、気づいておらぬのだからな」

それでも久通は、言葉を止めなかった。

目を閉じて居眠りする風を装っていようが、聞いていない筈はないのだ。

その証拠に、

「だが、たかが貴様如き者の恥を隠すためだけに奉行所が利用されていたのだとすれば、由々しき問題だ。捨て置けぬ」

久通が口調を厳しくすると、閉じられた宗右衛門の瞼《まぶた》はピクリと反応した。

「百日の入牢を申し渡したが、それでは足りぬ」

という久通の言葉に、宗右衛門の瞼も左右の眉もヒクヒクと反応しまくりだった。

「伝馬町の牢屋敷に送り、徹底的に取調べねばならぬ」

「…………」

伝馬町、と聞いた瞬間、宗右衛門はさすがに目を開けて久通を見た。彼のその声色が真剣そのものであるため、真意を見極めようと試みたのだろう。

先刻までのせせら笑う様子とはうって変わって、別人のように冷厳な表情の奉行がそこにいた。

「伝馬町に送る以上、奉行所を侮辱した、などという漠然とした理由ではできぬ。それ故、そちが騙り女に二十両奪われた件も周知のこととなる。折角隠し通そうとして知恵を使うたのに、その知恵が却《かえ》って仇《あだ》となったのう」

「ですから、徳太郎の申したことはすべて嘘八百でございます」

堪りかねて、宗右衛門は言い返した。

「嘘の証言をもとに手前を伝馬町送りにすれば、恥をかくのはお奉行様のほうでございますぞ」

「別に、恥などかかぬなぁ」

ここぞとばかり、わざと愚鈍そうな表情をつくって久通は言った。

「俺は、ほんの数ヶ月前北町奉行の任に就いたばかりの新参者だぞ。多少見当違いな過ちをおかしたとしても、新参者故仕方ない、と大目に見てくれるわ。それが、武士は相身互い、ということだ」

「………」

「だが、お前の場合は違うな、宗右衛門。仮に徳太郎の申すことがすべて嘘だったとしても、伝馬町の牢役人たちの調べによって、それが判明するのは、どんなに早くとも、十日から半月後。そのあいだに、阿波屋の主人が騙り女に金を騙し取られたという噂が、市中に知れ渡る。江戸じゅうの読売がここぞとばかりに書きたてるであろう」

「ちょ…ちょっとお待ちを――」

「いや、市中に知れ渡るより先に、問屋仲間に知れ渡るかもしれぬな」

「………」

宗右衛門の顔は、いまやすっかり青ざめている。

「そちには、株仲間の筆頭になる、という野望もあったのだろうが、最早《もはや》その夢はかなわぬな。行きずりの女の色気に迷って、商人にとっては血肉に等しい金をむざむざ騙し取られるような愚か者を、問屋仲間たちは金輪際認めぬだろう」

素っ気ない口調で淡々と述べられた久通の言葉が、とどめを刺した。

「お、お奉行様……」

宗右衛門は振り絞るような声音をあげた。

「なんだ？」

「お、お話しすることがございます」

「なんだ？」

顔つき声音を少しも変えずに久通は問い返した。

「すべて、包み隠さず話します。それ故、伝馬町送りだけは、どうかご容赦《ようしゃ》を……」

「ああ、話せ」

どこまでも冷静に久通は言い返した。

「そのかわり、くだらぬでっちあげで言い逃れようとするのであれば、更に罪を重ねることになると、承知の上で述べよ」

「言い逃れなど、いたしませぬ」

必死の顔色口調で宗右衛門は言い、言うと同時に悄然《しょうぜん》と肩を落とした。

（おとした）

と安堵する一方で、事前に和倉から取調べのいろはを教わっておいて本当によかった、とも思った。和倉に心から感謝すると同時に、矢張《やは》り和倉はすごい、と思った。

久通の目的は、宗右衛門の口から真実を語らせ、最終的にその女の人相書きを作らせることだった。

「目は切れ長で……もう少々黒目が大きゅうございます」

さすがは抜け目のない宗右衛門のこと、女の人相を克明に見覚えていた。

やがて仕上がったその人相書きの女の顔は、ある程度予期したとおり、久通も見知った女のものに相違なかった。

（睨んだとおりだ）

いやな予感が的中してしまったことに、だが久通は落胆せざるを得なかった。

久通の目的は、火盗が必死に追っているという変装上手《じょうず》の女賊を捕縛することではない。

できれば女賊のことは積年の遺恨をもつ火盗に捕縛してほしい。そのための手伝いはしたい、と思うだけだ。だが、

（火盗の手伝いをするなどと言えば、和倉が目の色を変えて怒るであろう）

ということも、充分承知している。

それ故、手伝うとしても、和倉や他の同心たちには知られず、密かにおこなわねばならない。

(ここは矢張り源助だな)

頼りになる者は、ただ一人しか思い浮かばなかった。

三

「《百面》のおせん、ですか?」

できたばかりの蕎麦《そば》の丼《どんぶり》を久通の前に差し出しながら、源助は首を傾げた。

「さあ……存じませんねぇ。旦那の身辺に張り付く以前のあっしは、諸藩の内情を調べるのがお役目でしたから、江戸の盗賊のことはとんとわかりませんや」

「そうか、わからぬか」

と、落胆しながら箸をとる久通の側《かたわ》らから、

「源助兄さん、あたしにも一杯ご馳走してくださいよ」

鳥追い姿の玲《れい》が源助を覗き込み、馴れ馴れしく声をかける。

「酒なんか持ってきてねえよ」

「お酒じゃなくて、お蕎麦ですよ。ね、あたしにも食べさせて」

「なんでえ、おめえ、腹が減ってんのか」

「だって、昨夜から飲まず食わずで甲州道中を歩き通しだったんですよ。お頭《かしら》に報告をして、やっとひと休みできると思ってたら、源助兄さんからお呼びがかかったんです」

「…………」

「それに、甲州道中でもひと仕事しなきゃならなかったんですよ。……そりゃあ、お腹も空きますよ」

「しょうがねえなぁ。……女が道端で蕎麦の立ち食いなんぞ、行儀が悪すぎるぜ」

ひとくさり文句を言いながらも、源助は手慣れた様子で蕎麦を鍋に投じ、丼に出汁《だし》をひき、やがていい塩梅に煮立った蕎麦を湯切りし、丼に入れる……といった一連の作業を、淀《よど》みもなくおこなった。

仮の姿とはいえ、十年近くも二八蕎麦の屋台を担っている。本職の蕎麦屋と比べても、なんら遜色《そんしょく》はないだろう。

「だって美味《おい》しいんだもの、源さんのお蕎麦。……旦那が惚れ込むのも無理ないわ」

丼を受け取る際、玲は美しい唇をニッコリ微笑《ほほえ》ませて源助を見返す。

「………」

これには源助も一瞬間言葉を失った。己の美しさを充分意識した上での手管《てくだ》とわかっていながら、美女に微笑みかけられていやな気はしない。

それにしても、最前までは「源助兄さん」と呼び、遂には「源さん」呼ばわりする馴れ馴れしさである。蕎麦を啜りながら二人のやりとりに耳を傾けていた久通も、実は密かに苦笑していた。

「あたしは知ってますよ」

蕎麦を何口か啜ってから、唐突に玲が言った。

「なに？」

半ば平らげた丼を屋台の端に置きながら、久通は玲を顧みる。玲の言葉に驚かされて、うっかり丼を取り落とさぬための用心だった。

「あたしの場合は、仕事が仕事でしたから、《百面》のおせんという名を耳にする機会は何度かありましたよ」

玲は、いまでこそ御庭番として幕府のために働いているが、少し前までは多額の報酬を貰って依頼人が望む者の命を奪う刺客《しかく》であった。

清人《しんじん》の師匠から伝授されたあやかしの術を用いて人の心を自在に操る妖女《ようじょ》であり、

かつては久通も翻弄されたことがある。

そんな女を、いまは源助同様頼りにし、

「できれば玲も呼んで欲しいのだが」

と源助に頼んだ。

源助は、いまは一線から退き、町方同心で言うところの、臨時廻りのような立場にあるが、御庭番の連絡網はしっかり把握しているので、もとより、連絡をとる手段はある。

玲が編入された組の組頭に頼み、その日その時刻その場所に来るよう、伝言してもらえばよい。玲が御庭番となった経緯をよく知る組頭は、大抵源助の頼みを最優先してくれた。

あやかしの術を使い、諜報にも暗殺にも長《た》けた玲が来てから、彼の組は数々の手柄を立てているからだ。

組頭から、源助の伝言を聞かされた玲は、源助の呼び出しは即ち久通の呼び出しだということを充分承知して、ここへ来ている。

「盗み騙りから美人局《つつもたせ》、刺客の手引きまで、金になることならなんでも請け負うっていう女でしょう。なんにでも化けられるし、化けるときには顔さえ変えられるもんだから、ついたあだ名が《百面》のおせん――」

「そうだ。そのおせんだ」

久通は玲の言葉に大きく肯く。

やはり、玲を呼んでもらってよかった、と思いながら。

「ですが、その女を捕まえるのは、無理だと思いますよ」

「え？」

玲の言葉に、久通は容易く顔を顰《しか》める。

「だって、なんにでも化けられて、顔も変えられるってんですよ。一体どうやって捕まえるんですよ」

「だが、人相書きを作ることはできた。俺も、何度か会って顔を見覚えている」

「旦那がお会いになったその女の顔が、おせんの本当の顔だと、どうしてわかります？」

蕎麦を食べることも忘れて久通は夢中で口走ったが、玲は即座に言い返してきた。それも、立て板の水の流暢《りゅうちょう》さで。

「あたしがはじめて江戸に来たのは、十年くらい前になりますけど、その頃既に裏稼業の者のあいだじゃ、《百面》のおせんの名は知れ渡っていましたよ。てことは、それよりもっと前から、おせんは江戸で悪事を働いてたってことでしょう。なのに、未だにお縄にもならず、悪事を続けてる。そんなこと、本当にできると思いますか？」

「………」

「あたしが江戸に来る以前から裏稼業で名を馳せていて、それから十年が経ってるってことは、《百面》のおせんはとうに三十路《みそじ》を過ぎてる筈ですよ」

「ああ、俺の部下の同心も、おせんが江戸で最も稼いでいたのは己が十かそこらの小僧の時分だと言っていたが」

「それが本当だとしたら、おせんはいま、一体いくつだと思います？」

「………」

「三十路どころか、四十路を過ぎてても、不思議はありませんよ」

「しかし、女子《おなご》というものは、あらゆる技を駆使して、歳を誤魔化すことができる筈だ。……俺は未だに、そちたちの本当の歳がわからぬぞ」

つい口走ってしまった、「そちたち」という言葉を、久通は瞬時に激しく悔いた。

「いや、その……俺は……」

すぐに気づいて口ごもる久通を、だが玲はそれ以上攻撃しようとはしなかった。

「旦那は、それでいいんですよ。……女の歳を、即座に言い当てられるようなお人なら、類《るい》が泣きますよ」

さり気ない口調で言い、後半は久通の耳許に口を寄せて低く囁《ささや》いた。源助に聞かせぬ配慮に相違ない。

類とは、玲の双子の妹で、久通が密かに思い続けている女なのである。それ故、同じ顔をした女の口からそんな言葉を述べられると、久通は容易く打ちのめされた。

「そういうとこですよ、旦那」

「え？」

打ちのめされて俯く耳許に、玲が鋭く囁きかける。

「あたしが言いたいのは、一人の女が、ずっと《百面》のおせんでいられるかどうか、ってことですよ」

「………」

「《百面》のおせんは、実は一人じゃなくて、何人もいるんじゃないかと思うんです」

「な…なんだと！」

「何人もの女が、《百面》のおせんを名乗ってそれぞれに仕事をしてれば、そりゃ、別人みたいに見えますよ。だって、本当に別人なんですから」

「なるほど」

一旦は玲の大胆な仮説に仰天したものの、話を聞くうち、次第に納得させられてしまう。

「たとえば、あたしが師匠から習った術の中には、全くの別人を、相手にそう思い込ませたい者の顔に見せる、というのがあるんですけどね、おせんの噂を聞いて、はじめのうちはそういう術を使っているんじゃないかと思ったんです」

「なに、そんなこともできるのか」

「そうは言っても、顔立ちや年格好が似ているにこしたことはないんです。……男を女に見せかけたり、年寄りを若く見せかけたりは、さすがに無理です」

「そうか」

「術を使える者が一人いて、あとは何人か似たような年格好の女を揃えておけばいいんです。……さしずめ、《百面》のおせん一味、ってとこですかね」

「うう…む」

久通は呻《うな》った。

妖術使いのような輩《やから》は、できれば相手にしたくない。

正直、玲との闘いは緊張の連続だった。最終的に勝利できたのは奇跡に等しく、どうにか捻り出した奇策が功を奏しただけのことだ。奇策は、タネの割れた手妻のようなもので、一度見破られたら、二度とは使えない。

玲のときには、彼女の目的がはっきりしていたため、策を練る余地もあったが、《百面》のおせん、という雲を摑むような存在である女賊の目的が奈辺にあるかなど、知り得よう筈もない。

(いや、一つはっきりしているのは、俺の命を執拗につけ狙っている、ということだ)

それを思うと、久通はゾッとする。

久通をつけ狙うのは、雇い主があってのことだろうが、その雇い主の見当はさっぱりつかない。

「大丈夫ですか、旦那?」

源助が思わず声をかけずにいられなかったほど、そのとき久通の顔色は青ざめきっていた。

「とにかく一度、おせんと会ったことのある奴に、その人相書きとやらを見せてみましょうよ、旦那。同じ女とわかれば、とりあえずその女を捜してみればいいでしょうし……」

玲もまた、宥《なだ》めるような、慰《なぐさ》めるような口調で言い、心配そうに久通を覗き込む。

「おせんと会ったことのある者を、知っているのか？」

「ええ、少なくとも一人は」

「誰だ？」

「あたしも、最後に会ったのは随分前なんで、いまも商売してるのか……いえ、生きてるかどうかも、はっきりはわからないんですけどね」

強い語調で問い返され、玲は忽ち困惑する。

「商売？」

「ええ、裏の稼業の口入れ屋とでも思っていただければ――」

「裏の稼業の口入れ屋か」

「ええ。押し込みをするのに、腕っ節の強いのが三人ほど欲しいから、探しといてくれって奴もいれば、逆に刺客として雇ってもらえないか、って訊きに来るサンピン……いえ、お侍もいます。あいだに入って、上手《うま》いこと周旋するんです。表の口入れ屋と、やってることは同じです」

「そんな稼業があるのか。けしからん話だ」

聞くなり久通は憤然とした。

悪人と悪人の仲を取り持つなど、とんでもない稼業があったものだ。火盗改の頭が聞けば、なんとしてでもお縄にしたい、と願うだろう。なにしろ、そいつ一人を捕らえて訊問すれば、何十何百という悪をあぶり出すことができるのだ。

「お気持ちはわかりますが、今回はお縄にしようなんて思わないでくださいよ」

「…………」

玲に鋭く指摘され、久通は内心狼狽《うろた》える。

「おせんのことを訊きに行くのが目的です。今回はあたしと源さんで行ってきますから、旦那はその報告を待っててください」

「え、おいらが？」

突然の玲からの指名に戸惑い、源助は目を白黒させる。

「ええ、源さんには、ちょいと芝居をしてもらいますよ。元々御庭番なんだから、なにかになりすますのはお手のものでしょう？」

と嫣然《えんぜん》微笑みかけられ、源助は当惑する。

一体なにをさせられるのか。この十年、二八蕎麦屋の親爺《おやじ》しか演じてきていない源助には少しく不安であった。

四

仕立てのよい藍大島《あいおおしま》を羽織《はおり》付で着こなしていれば、それだけで、名のある大店の主人のように見える。だが、果たして盗賊の親分には見えるのだろうか。

「なあ、これで本当に盗賊の親分に見えるのか？」

源助は訝《いぶか》り、何度も玲に確認した。

「手下じゃなくて、親分ですよ。……源さんのお歳じゃ、親分くらいじゃなきゃ不自然ですしね」

「そうなのかい？」

「大丈夫ですよ、源さん、黙ってるだけで、充分親分の貫禄ありますから」

と玲に持ち上げられて、源助は容易く気をよくした。

(まあ、いざとなれば俺も御庭番のはしくれだ。なんとかなるだろ)

腹をくくって、玲のあとに続いた。

驚いたことに、裏の口入れ屋は、表でも同じ口入れ屋を生業《なりわい》としていて、湯島天神《ゆしまてんじん》下の同朋町に堂々と店を出していた。

店の屋号は『南雲屋《なぐもや》』。

だが、看板の文字は真っ黒く汚れてろくに読み取れない。

「親爺、生きてたかい？」

人が出払ったのを見はからい、粋なよろけ縞の着物に三《み》つ輪髷《わまげ》で三味線《しゃみせん》の師匠を装った玲が暖簾《のれん》をくぐると、

「おや、これは珍しいね」

帳場で煙管《きせる》をふかしていた七十がらみの老爺《ろうや》が徐《おもむろ》に顔をあげる。

一瞬間玲を見た眼は老人とは思えぬほど鋭いが、それはほんの一瞬のことで、すぐに人の好さそうな笑みを皺《しわ》深い満面に滲ませた。

「足を洗ったんじゃねえんですか、姐さん」

「そのつもりだったんだけどね。ちょっと、急に金が入り用になってね。なにか、いい仕事はないかい？」

「姐さんは高くつくからねぇ。近頃、物騒な刺客雇おうって客はめっきり減ってんだよ」

「いいんだよ、そんなに高くなくても。手っ取り早く、一、二両でいいから、稼ぎたいんだよ」

「本当かい？」

問い返しつつ、明らかに値踏みする眼で、老爺は、小上がりの端に腰を下ろした玲を見た。

久しぶりに会う女の容貌に、いまのところ大きな変化は見られない。

風の噂に、少し前大きな仕事《ヤマ》をふみ、それを最後に足を洗ったらしい、と聞いた。仕事の内容は知らない。『南雲屋』経由の話ではないからだ。

ただ、足を洗えるほど莫大な報酬が見込めるのであれば、標的となる者が何処の何者か、ある程度の想像はできる。おそらく彼女は失敗したのだろう。それ故足を洗うことができなくなった。

凄腕の刺客でならした女も、そこそこよい歳になっている。よい歳になれば、腕も落ちる。女の刺客は、その容姿も重要な得物である。得物の値打ちが下がる前に、手っ取り早く小遣い稼ぎしておこう、という魂胆か、と老爺は得心した。

さり気なく盗み見た着物の裾はやや汚れてほつれていたし、草履《ぞうり》の鼻緒も足袋《たび》も薄黒く汚れていた。暮らしが荒《すさ》んでいる証拠である。

「じゃあ、二、三日したら、もう一度来てくれるかい。適当に見つくろっておくから」

「ああ、頼んだよ、親爺さん。じゃ、三日後にまた来るからね。……ところで、《百面》のおせんて、まだ江戸でなにかやってるのかい？」

極めて自然な口調で玲は言い、そのついでの世間話といったていで、さらりと問うた。

「《百面》のおせん？」

すると忽ち、老爺は表情を改め、訝《いぶか》る視線を玲に向ける。もとより、そこまでは想定の範囲内だ。

「親爺さん、知らないの？」

「なにがだい？」

「近頃《百面》のおせんの人相書きが、出まわってるんだよ」

「え？　まさか、おせんに限って……」

「ほら、これ見てよ。苦労して、手に入れたんだよ」

と楽しげに言いざま、玲は懐《ふところ》から四つに畳んだ紙片を取り出し、老爺の前に開いて見せる。

「…………」

老爺の目は、一瞬間人相書きの顔に釘づけられた。

「どうよ？　少しは似てる？」

老爺の表情を注意深く窺いつつ、玲は密かに術を使い始めている。即ち、彼に嘘を吐かせないための術である。

「さあ……どうかなぁ」

老爺は曖昧に首を傾げた。裏稼業の周旋を五十年以上も続けていれば、並大抵のことでは本心を明かさない。それははじめからわかっていた。それ故、玲は、相手に考える暇を与えぬための、畳み掛ける戦術をとった。

「なんだ、似てないの？」

「い、いや……実はよく覚えてないんだよ。そんなに何度も会ったことがあるわけじゃないし……」

「親爺さんは、商売柄一度会ったことのある人の顔は忘れないんじゃなかったっけ？」

「儂《わし》も歳だ。忘れちまったよ」

「なぁんだ。火盗が作った人相書きだっていうからさぁ、少しは似てるのかと思ったけど、見当違いかぁ」

「いや、似ていないとは言っておらんよ」

「ふうん。別にどっちだっていいけどさ」

「ところで姐さん、あのお方は？」

入口に佇《たたず》む源助に気づいた老爺が、ふと玲に問うた。

「ああ、是非、《百面》のおせんを雇いたい、って言う親分をお連れしたんだった。……でも、おせんの人相書きが出まわってて、火盗が血眼ンなって捜してるんじゃねぇ」

意味深に述べつつ、玲は老爺を注視した。

「いま、親爺さんに、嘘をついたら死ぬって術をかけたよ」

「え？」

老爺の顔色が忽ち変わる。

玲が奇妙な術を使うということは、勿論知っている。

「冗談はよしとくれよ、姐さん」

「じゃあ、嘘をつかなきゃいい。ねえ、親爺さん、その人相書き、本当に似てないの？」

「………」

老爺の表情は完全に凍りついた。

「あはははは……」

弾けるような高笑いを放ってから、

「嘘だよ」

ケロリとした顔で、玲は言った。

「こちらは、《凩《こがらし》》の源蔵《げんぞう》親分。ずっと上方《かみがた》で稼いでて、まだ江戸に来たばっかりなんだよ」

源蔵親分――いや、源助は黙って老爺に目礼する。

「で、狙いをつけたお店に、女を潜り込ませたいけど、誰かいいのはいないかって、相談されてさ。……親分には、上方で仕事するとき、世話になったことがあるんだよ。それで、おせんなら間違いないだろうと思ったんだけど、火盗に目ぇつけられてるんじゃ、まずいだろ」

「なるほど――」

老爺は納得顔に肯いて、

「そういうことですかい」

ホッとひと安堵したようだ。

「確かにその人相書きの女は、おせんの顔の一つですよ」

「そうなの？」

「けど、おせんは百の顔を持つ女。一つの顔が知られたところで、どうってこたあ、ありません」

老爺はきっぱり言いきってから、

「ですが、いまおせんは別の仕事に関わってて、そっちで手一杯のようなんですよ」

さも申し訳なさそうに、源助に向かって言う。

源助は声を立てずに無言で肯いてみせる。なるべく、余計な口はきかぬように、と玲から言われている。

「お店への押し込みを、少し先へ延ばすことはできませんか？」

「何故だ？」

源助は短く問い返す。

「いま関わってる仕事にケリがつくまで待ってもらえたら、必ずおせんにツナギをとりますんで」

「ひと仕事終えたばかりで、そんなにすぐに次の仕事をするっての？」

玲がすかさず口を挟んだ。

老爺の視線が源助に向こうとするのを邪魔する目的もある。

「おせんくらいになれば、美人局程度の仕事でも、安くはないんだろ。そんなに稼いで、どうすんのさ」

「誰だって、金は欲しいだろうぜ。姐さんだって同じだろ」

「まあ、そうだけどさ」

と言いざま玲は腰を上げ、クルリと老爺に背を向けた。相応の収穫を得たら、長居はせぬほうがいい。

「じゃあ、三日後にまた来るよ。……親分さんの手先になる女は、他をあたりましょうよ。あたしがやったっていいんだし。……火盗に目ぇつけられてるような女に高い金払うことはありませんよ」

と言いざま源助の手をとって、ともに店の外へと歩み出す。

どこから見ても一分の隙もない二人の背をぼんやり見送りながら、

(あいつら、できてやがるのかな)

老爺は思った。

もとより老爺は、玲の名を知らない。名など知らなくても、仕事の周旋はできるからだ。人殺しを屁《へ》とも思わぬ悪人の名など、寧《むし》ろ知らないほうがいい。

老爺は、少なくとも、表向きは堅気の口入れ屋で、信用できる真っ当な人間を、堅気のお店やお屋敷の下働きとして送り込んでいるのである。

(あの女、妙な術を使うそうだが、房中術のほうも凄そうだなぁ。……殺しで食えなくなっても、当分枕さがしで食ってけるだろうぜ)

老爺は自らの卑猥な想像によって弛《ゆる》んだ口の端に更に下卑《げび》た笑いを滲ませながら、再び煙管に火を点《つ》けるのだった。

五

「すごいな、玲は」

久通は手放しで感心した。

「まさか、ここまでしてくれるとは……」

人相書きの顔が、確かに《百面》のおせんの顔の一つだと認めさせた上に、おせんと直接会えるかもしれない段取りまでつけてくれた。巧くことを運べば、案外易々とおせんを捕縛できるかもしれない。

「別に、すごかないですよ。ろくでもないことしてると、同じようにろくでもないことしてる奴と繋がりができるってだけのことです」

無邪気に歓ぶ久通の顔を、内心呆れ気味に見返しつつ玲は言い、更に、

「おせんがいまかかりきりになってる仕事って、旦那を殺《や》ることじゃないんですか？」

身も蓋《ふた》もないことを言った。

「………」

絶句した久通の面上から、見る見る歓びの色が消えてゆくのを、もとより、しのびない思いで玲は見ている。

（けど、類のやつは、この男のこういうところに惚れてるんだろうねぇ）

心中密かに、嘆息する。

《百面》のおせんがいまかかりきりになっている仕事を終えるとき――。

それは即ち、久通自身の人生が終わるときだということに、玲に指摘されるまで、久通は気づいていなかった。

（そうか。……そうだったな）

改めてそのことを思い出し、少しく落ち込んだところへ、

「どうします、旦那？」

玲は容赦もなく問うてくる。

「え？」

久通は当然当惑した。

「どう、とは？」

「旦那が自ら囮《おとり》になって、おせんをおびき出すかどうかってことですよ」

「おい、なにもそこまで言わなくても――」

さすがに見かねて、源助が口を挟む。

「だって、それが一番手っ取り早いじゃありませんか。おせんは、いま取りかかってる仕事が終わらなきゃ、次の仕事は引き受けないってんですから」

「だからって、旦那ご自身が囮になるなんて、そんな危険な真似、させられるわけねえだろうがよ。そんなことしたら、おいらが、お殿様に叱られる――」

「叱られるくらい、なんですよ。いい男が、そんな肝っ玉でどうするんです」

「なんだと！　このぉッ!!」

「やめてくれ、二人とも」

久通は慌てて口を挟む。

「玲の言うとおりだ。俺が囮になればよい話だ」

「旦那！」

源助は顔色を変えて久通に向き直った。

場所は、例によって源助ら御庭番がよく使う行徳河岸《ぎょうとくがし》の船宿の二階。久通も玲も、既に何度も訪れたことがある。万一密談の内容を主人に立ち聞きされたとしても、主人もまた御庭番だから、問題はない。

「いけませんよ、旦那」

怖い顔をして源助は諫《いさ》める。

もとより久通は聞く耳を持たない。

「いや、考えるまでもないことだ。これ以上よい策があろうか。捕らえたい相手が、向こうから近づいてきてくれるのだぞ」

「相手はなにを仕掛けてくるかわからねぇ奴らなんですよ。……いつもいつも、編み笠の平さんが助けてくれるとは限らねぇんですよ」

「なんだ、源助、お前はあの御仁を存じておるのか」

「いえ、それは、その……」

逆に久通から問い返されて源助は容易く口ごもった。無論、源助は編み笠の武士の正体を知っている。だから、それを久通から問い詰められるのは困るのだ。

「ったく、てめえが余計なこと言いやがるからだぞ、このアマッ」

それ故再び玲に向き直り、声を荒げた。

そんな源助の意図は、勿論玲にも通じている。玲は軽く肩を竦《すく》めるだけで、相手にしない。

「玲にあたるな、源助」

それを軽く窘《たしな》めてから、

「しかし、わからんのは、おせんという女が、ずっと同じ雇い主の命《めい》で動いているのか、いまはまた別の者に雇われているのか、ということだ」

久通はゆっくりと言葉を継ぐ。

「雇い主の見当はつかないんですか？」

「わからん。おせん…いや、その頃は瀬名という名だったが。……以前源助は、瀬名の雇い主が俺を狙うのは、町奉行となった俺が家基様の死の真相を曝き、その主謀者を暴き、断罪されることを恐れるからだ、と言った。だが、俺は結局真相にも主謀者にも辿り着けなかった。源助の考えが正しいとするならば、最早俺をつけ狙う必要はないことになる」

「………」

「先日、日本橋あたりの稲荷社に妙な仕掛けをして俺を襲った連中のそばに、おせん

——つまり、あの折の瀬名がいた、と教えてくれたのは、源助が言うところの、編み笠の平さんだ。俺は見ていない。だが、平さんは、嘘はつかぬ。俺は、源助の申すとおり、女には甘いかもしれぬが、男には甘くないのでな」

「もう、その話は勘弁してくださいよ」

久通の口調は淡々としており、別に源助を責めているわけではなかったが、源助は只管《ひたすら》閉口した。

己の真の主人である、ときの老中・松平定信《まつだいらさだのぶ》に報告の際、つい口が滑《すべ》って余計な告げ口をしてしまった。そのせいで、久通は定信からそのことを揶揄《やゆ》され、閉口した筈である。そのことで、久通から苦情を述べられたことはないが、それだけに余計後ろめたい。

「あんときは、あっしが悪うございましたよ。偉そうに説教めいたことも申しましたが、罠とわかってるところへ旦那を行かせたくなかったんですよ。そりゃ、旦那は剣客奉行だ。お強いのはわかってますが、万が一飛び道具で狙われたらどうですよ」

「飛び道具は、怖いな。稲荷社に仕掛けられた大砲の弾にも肝《きも》を冷やした」

「でしょう。だったら、軽々しく囮になるなんて言わねえでくださいよ」

「軽々しく言ってはおらぬぞ」

「軽々しくねえとしても……いや、お覚悟を決めてのことなら、もっとタチが悪いや」

源助は言い、冷めた茶をひと口啜《すす》る。

最前から、大声を放ったり、強い語調で言い張ったりしているので、喉《のど》が渇いて仕方なかった。

「おせんは、もしかしたら、誰に雇われたわけでもなく、ただ自分の望みのままに旦那をつけ狙っているのかもしれませんね」

「え？」

それまで黙っていた玲が、ふとした思いつきを口走ったにしては意味深過ぎる言葉を吐いた。

「どういうことだよ？」

源助も、厳しい表情で問い返す。

「あたしは同じ女なんで、ちょっとだけわかる気がするんですけど、以前おせんが罠を仕掛けて待ち受けてる場所には源さんだけが行って、結局旦那は行かれなかったんですよね？」

「ああ、行かなかった」

「おせんは、自慢の百の顔で、男を自由自在に操ってきた女ですよ。はじめて、思いのままにできなかった男に対して、どんな思いをいだくと思います？」

「………」

「勿体《もったい》つけずに、早く言えよ」

久通は絶句し、源助はせっかちに先を促す。

「憎むか、恋しく思うか、そのどちらかでしょうね」

「え？」

「まあ、どちらも女にとっては同じことなんですけどね」

「同じじゃねえだろ。恋しく思う男を、殺してやろうなんて思うか？　思うわけねえだろうが」

「わかってないねぇ」

源助の言葉を、玲は鼻先で一蹴する。

「同じなんですよ、女にとっちゃ。……恋しい男にハナから相手にされなきゃ、憎むんです。殺してやりたいほど、憎むんです。…逆に、憎いとばかり思ってた男に、急にほだされちまうこともあるんです」

「わかんねえよ、そんなの。全然、わからねぇ」

「わからないから、源さんはその歳まで独《ひと》り者なんでしょうよ。遅かれ早かれ、旦那も、そうなりますよ」

「俺は一生独りでいい」

ついむきになって、久通は言い返した。

はじめてそばにいてほしい、と思った女と、寸分違わぬ顔をした女からそんなことを言われれば、頑《かたくな》にもなる。

「お気を悪くなさいましたか」

玲はなお、揶揄するような言葉を投げた。

「別に――」

と呟き、背《そむ》けた顔は当然不機嫌だ。

(なんだろうねぇ、この男。……真っ正直で童《わらべ》みたいなところに類のやつは惚れたんだろうが、あたしに言わせりゃ、一番面倒くさい奴だよ)

玲は内心深く嘆息し、何処か、旅の空の下にいるであろう双子の妹を思った。

御庭番の仕事は上から一方的に与えられるものだから、全く自由がきかない。以前ならば、暇を見ては様子を見に行けたのに、いまはそれができない。

双子の姉妹というのは実に不思議なもので、離れていても、一方の身になにか起これば、一方はそれをなんとなく察することができる。それ故、互いに無事でいることはわかる。

(あたしと違って、あの子は汚れ仕事で手を汚しちゃいない。だから、幸せになってもいい筈なのに。……ったく、この朴念仁《ぼくねんじん》ときたら……)

妹と気安く会うことができなくなったもどかしさと苛立《いらだ》ちのこもる目で、玲は久通の横顔に鋭い視線を投げた。

(なにが、「一生独りでいい」だよ。……そりゃあ、身分が違うから、正式な奥方にするのは無理だろうが、好きな女を側《そば》におくくらいの甲斐性はないのかよ)

舌打ちするような心地で玲が思ったとき、

「おせんが、誰に雇われているにせよ、自らの思いで動いているにせよ、俺が為すべきことは同じだ」

存外淡々とした口調で久通が言った。

源助と玲は、ともに無言でその顔を見返した。

第四章　再会

一

久通が自ら囮《おとり》となる策には最後まで猛反対していた源助であったが、結局は久通に押しきられた。

「仕方ありません。一人で勝手な真似されちゃかないませんからね。やるからには、こっちの言うことも、ちったあ聞いてもらいますよ」

「わかっている」

肯《うなず》きつつも、久通には密かに期するところがある。

先日の一味が、養生所からの帰途を狙ったのは決して偶然ではない。よくよく調べあげた上で、狙ったのだ。

あのとき久通は尾行に気づいて途中で道を変え、自分でもよくわからぬ裏通りへと入っていった。にもかかわらず、奴らは例の稲荷社に大砲の弾の仕掛けを用意していた。

即ち、尾行に気づいた久通がどう進路を変え、何処へ向かうかを予測していたことになる。久通の日々の行動を執拗に監視し、その癖から思考までを徹底的に分析してのことだろう。

だとすれば、一味の中に、余程戦略に長《た》けた知恵者がいる。

果たしてそれが、《百面》のおせんなのか。

（確かに、源助の言うとおり、飛び道具を使われればひとたまりもない）

しかし、短筒でも大砲でも、発砲するのに火薬を用いるのであれば、そのにおいである程度察することはできる。

大玉の仕掛けに不意を衝かれたのは、それが火薬を用いて砲身から発せられたものではなく、ただ放たれて地面を転がってきたに過ぎないためだ。

いや、火薬は、弾の中に仕込まれていた。なにか物に当たるなどの衝撃が加われば爆発する仕組みだったのだろう。結局、たまたまそこにあった天水桶に当たって大きく爆《は》ぜた。

もし火薬の量をもっと増やし、的確に狙いを定めて久通を襲っていれば、その衝撃で吹っ飛ばされるか、久通自身が火を噴いていたかもしれない。

（だが、おそらくそれはできないのだ）

と久通は予想した。

大量の火薬を入手できるのであれば、それこそ、役宅に向かって大砲でも撃ち込むのが、最も確実に久通の命を奪う方法だ。刺客を雇うまでもない。

だが、大砲も火薬も、おいそれと手に入るしろものではない。

たとえば、以前玲を雇ってときの老中・松平定信の暗殺を謀《はか》った者のような身分と立場があれば、それらの武器の入手は可能だろう。が、老中首座を狙うなら兎《と》も角《かく》、彼らがたかが町奉行如きをつけ狙う理由がない。源助が言ったように、家基暗殺の主謀者が、真相の露見を恐れて、という可能性もなくはないが、

（それならば、あてにならぬ刺客を雇うよりは、火薬の量を増やすであろう）

と久通は考えた。

或いは、面目を潰《つぶ》されたことを恨んだ《百面》のおせんがその私怨から執拗につけ狙っている、という玲の説も、強《あなが》ち的外れなものではないのかもしれない。もしそうであれば、天水桶を吹き飛ばす程度の火薬しか入手できなかったのも無理はなかった。

とまれ久通は、囮の手はじめとして、養生所を訪れてみることにした。用もないに市中をうろつけばさすがに怪しまれるだろうし、怪しまれれば敵は襲撃を控えるようになる。

彼ら——或いは彼女は、役宅を襲撃するといった大胆な方法ではなく、あくまでこっそり、何処かの裏道で久通を始末したいのだ。

(『なんだ、また来たのか』と、新三郎の奴はいやな顔をするだろうが、仕方ない)

一人肩を竦《すく》めつつ、久通は役宅を出た。

「なんだ、また来たのか」

そのとき新三郎は、ほぼ予想どおりの表情で、久通が予想したとおりの言葉を吐いた。

生憎《あいにく》、急患でたて込んでいたようで、半刻あまりも待たされたが、久通は別に気にしていない。庭先の萩の花を眺めていたら瞬《また》く間にときが過ぎた。

「町奉行とはそれほど暇なのか？」

「仕方なかろう。これも、勤めだ」

「前のお奉行のときは、定廻りの者を月に数度寄越すだけだったぞ。……南町の山村《やまむら》様だって、こんなところまでわざわざ足を運んだことはない」
「………」
新三郎の言葉に少しく閉口してから、
「何故それほど迷惑がられねばならぬ？　お前たちの仕事ぶりを黙って見分している
だけで、なにも邪魔などしていないではないか」
むきになって久通は抗議した。
南町奉行の山村良旺《たかあきら》のことは、「山村様」と呼んで、ちゃんと敬意を払っているく
せに、自分に対するこのぞんざいな口のききようはなんであろう。いくら竹馬の友だ
からといっても、もう少し、言い方というものがあるではないか。
(確かに、山村様は元々大身《たいしん》のお旗本で身分も従五位下《じゅごいげ》信濃守《しなののかみ》。俺とは雲泥《うんでい》の差で
あるが)
久通の拗《す》ねた様子を見て、さすがに言い過ぎたと後悔したのだろう。
「朝から急患が続いて、ろくに飯も食っていないんだ」
新三郎は、口調と表情を少しく弛《ゆる》めた。
「次からは、手ぶらではなく、なにか差し入れを持参しよう」
「有り難いことだが、遠慮しておこう。ほかの医師や中間《ちゅうげん》たちが怖がるんだよ」

「俺のことをか？」

新三郎から意外な言葉を聞かされ、久通は思わず問い返す。

「無理もないだろう。町奉行がわざわざ出向いてくるなど、これまでになかったことなのだから」

「お前と俺が、竹馬の友だということを知っていても、か？」

「………」

「さてはお前、俺と友であることを、皆には話していないのだな」

「いちいち話すか、そんなこと」

「友だと知れば、別に恐れはすまい。そもそも俺は、人から侮《あなど》られることはあっても、外見だけで恐れられるなどということは殆どないのだ」

「お前のまわりの、奉行所や御城中でのことは知らんが、ここにいるのは、俺のように幕府医師の家の者ばかりではない。中間・下働きは殆《ほとん》ど町人だし、患者は皆、治療費もろくに払えぬ貧民ばかりだ。……奉行所の、与力や同心を見てもビクビクするような連中なんだぞ。それより偉いお奉行様を見れば畏《おそ》れ入るのは当然だろう」

「だが、本来畏れ入るべきお奉行様の俺に対して、貴様は常に対等以上の口をきいているではないか」

「………」

「いつも茶を淹《い》れてくれる娘は、俺に対するお前の言葉つきを聞いている筈だ。お奉行様に対するものとも思えぬ貴様のその不遜な態度を、な」

「そ、それがどうした」

「つまり、俺に来られて迷惑なのは、ここの者たちではなく、お前なのだろう、新三郎。友だということを他の者に知らせず、奉行に対して無礼な口をきくお前にこそ、皆は恐れをいだいておるのだ」

「………」

「どうやら、図星のようだな」

と久通に指摘され、新三郎が咄嗟になにも言い返せなかったのは、久通の言葉が半ば当たっている証拠であった。

子供の頃、医師ではなく、剣の道に進みたいと思ったこともあるように、新三郎には意外にも荒ぶる一面があった。

久通に対するのと同様、誰に対しても口は悪いし、治療も些《いささ》か乱暴なところがある。町医者の頃には、それでは患者が怖がって寄りつかなくなるぞ、と父から再三叱られたが、養生所勤めとなってからも、なかなかその性情はなおらない。

奉行の久通にため口をきき、ときには悪しざまに罵《ののし》ることさえある新三郎のことを、権力者にも媚《こ》びぬ剛毅なお方と尊敬する者もあるが、大半の者は恐れ、怯える。

お奉行様に対してさえ礼を失するような変人は、目下《めした》の者ならどこまでも蔑《さげす》み、理不尽な扱いをするかもしれない。そんな風に思われているということを、新三郎自身も薄々感じているのだ。

感じていながらも、持って生まれた性分ばかりはどうにもならない。久通が来て馴れ合う様子を見られれば、皆からどんどん距離を置かれてしまう、という虞《おそれ》が、全くなかったとは言いきれない。

「俺と友だということを皆に知らしめれば、すべて解決だ。竹馬の友が狎《な》れた口をきあうのは当然だからな」

「今更、そんなこと……」

「いや、俺も悪かった。もしお前が養生所の医師でなかったならば、これほど足繁くここへ来ることもなかったろう。確かに、奉行が用もないのに屢々《しばしば》訪れれば、奇異に思われても仕方ない。俺も気が利かなかった。すまぬ、新三郎」

久通は素直に詫びたが、ちょうどそこへ、いつもの小娘が茶を運んできた。

奉行に頭を下げさせる医師――。

彼女の目にはそう映った筈だ。

「あ、お菊《きく》、違うのだ、こ、これは、違うのだ……」

しどろもどろになって言いかける新三郎に代わって、

「俺と新三郎は竹馬の友だ。気心の知れた仲なので、こうしてしげしげと会いに来る。驚かせてしまってすまぬな。皆にも、そう言ってやってくれ」

すらすらと言い、怯《おび》える娘を安堵させるために、さも優しげな笑みさえみせた。お菊と呼ばれた娘はそれですっかり安堵したのか、二人の前に茶碗を置くと、

「どうぞ、ごゆっくりなさってくださいませ」

恭《うやうや》しく言って立ち去った。

「見ろ。ちゃんと話せば、わかってもらえるではないか」

「ああ……すごいな、玄蕃は」

新三郎は少しく目を細め、眩《まぶ》しげな目つきで久通を見た。いま己の目の前にいる北町奉行は、どうやら彼の知ってる、剣術しか取り柄のない朴念仁《ぼくねんじん》の久通ではないようだった。

「ここはよいところだな」

ひと口茶を飲んだきりきまり悪げに口を閉ざした新三郎を見ずに、しみじみとした口調で久通は言った。

「俺は、ここに来て、お前も含めてここの者たちの働きぶりを見ていると、それだけで気分がよい。……実にキビキビと、無駄なく動き、患者の命を救おうと真摯に向き合う。なんと心地よい働きぶりだろう」

「玄蕃、お前……」

「日々命と向き合うお前たちの姿を見ていると、身が引き締まる思いだ。それにひきかえ、我ら奉行所の者ときたら……」

「だが、お前の勤めとて、世を糺《ただ》し人を糺す、大切な仕事ではないか」

漸《ようや》く新三郎は言い返す。

「いや、騙《かた》りに大金を奪われ、大切な家族をも奪われた哀れな者を救うこともできぬ、役立たずだ。何の役にも立たぬくせに、無駄に俸禄を食《は》んでおる。俸禄泥棒だ」

「なにも、そこまで卑下せずとも……お前が奉行として立派に勤めを果たしていることは、天下の誰もが知るところだ。《今大岡》とも呼ばれていたではないか」

新三郎は懸命に言い募る。

己のせいで、久通が悲観的な――或いは厭世的な気分に陥《おちい》ってしまったとすれば、大問題である。江戸の治安を守り、人々の平穏を守るべき奉行に、これ以上意気消沈してほしくない。

「俺たち医師は、目の前にいる一人の命を救うことに四苦八苦するばかりだが、玄蕃は奉行として多くの者の命を護る。それもまた、立派なお役目ではないか」

「さあ、どうだかな。どこまで護れているのか、俺にはわからん。……それに、世間なんてものは、気まぐれに騒ぎたて、持ち上げるくせに、すぐに厭《あ》きて見向きもしなくなる。そういうものではないのか？」

「それはそうかもしれぬが……」

と口ごもったきり、新三郎はしばし気まずげに言葉に詰まっていたが、つと愁眉《しゅうび》を開くと、

「それはそうと、斑《ぶち》……ではなくて、雪之丞はどうしている？　近頃は暑さもやわらいできたので、少しは元気になったのではないかな」

極めて不自然に、話題を変えようとした。

（こやつ、存外不器用な奴だったのだな。医者などしておるし、養生所で日々町場の者たちとも接しているから、てっきり世慣れておるとばかり思っていたが……）

久通は内心苦笑するが、さあらぬていで、

「ああ」

　と、小さく肯いた。

「雪之丞は相変わらずだが、別に病《やまい》というわけでもなさそうだ」

「そうなのか？」

「猫は気まぐれな生き物故、人の思いどおりにはならぬのだろう」

「それはそうだが」

「元々、気まぐれに拾いあげた命だ。ここまで長らえたのが奇跡のようなものだ」

と悟りきった者のように言ってから、久通はふと新三郎に向き直り、

「ところで、この前来たときお前が話してくれた、身投げの者……騙りに十両奪われたという者は、まだここにおるのか？」

　自らも巧みに話題を変えた。

「ああ、伝右衛門さんか」

　新三郎は忽《たちま》ち合点する。

「伝右衛門さんは、体のほうはもうすっかりよいのだが、部屋も空いているので、まだいてもらっている」

「体はよいのに、何故まだここにいる？」

「このまま帰しても、どうせまた同じことをするに決まっているからな」

「同じこととは……身投げをするということか？」

「身投げどころか、今度はもっと確実に死のうとするかもしれん。折角苦労して拾いあげた命を、疎《おろそ》かにしてもらいたくはないのだ」

「そうか」

久通は一旦言葉を止め、しばし考え込んでから、静かに述べた。

「伝右衛門は、いまからでも、騙りの件を奉行所に訴える気はないだろうか」

「え？」

「騙りの罪は、自ら人を傷つけるわけでも命を奪うわけでもない故、世間では軽く見られておる」

「それは、盗みや殺しに比べれば……」

「だが、伝右衛門のように、一生懸命働いて貯めた大切な金を奪われたことで、生きる意欲を失い、死を選ぶ者は少なくないのかもしれぬ」

「……………」

「だとすれば、口先三寸で人を騙し、丸め込んで金品を奪う騙りの者を、これ以上野放しにしたくはないのだ」

強い語調で、久通は言いきった。

「盗みや殺し、それに火付けの如き凶悪な者共は、火盗に任せる。だが、騙りのように軽微な罪の者を、火盗は相手にはしまい」

「だからお前が捕らえるというのか？」

「ああ、捕らえたい。それ故、伝右衛門には是非とも訴え出てほしいのだ。訴えてもらわねば、町方はなにもできぬ」

「………」

久通の顔を無言で見つめ返しながら、新三郎には、すぐには応えられる言葉がなかった。

「う…ん」

苦しげに顔を顰《しか》めつつしばし考え、考えあぐねた末、

「できれば…その話をいま切り出すのは、あまり、望ましくないように、俺は思う」

途切れ途切れに、新三郎は応えた。

「何故だ？」

「思い出させたくないのだ」

と強い語調で言ってから、

「いましばらくそっとしておいてやりたい。思い出せば、また死のうとするかもしれない」

久通の面上からふと目を逸《そ》らしつつ、応えた。

「では、そっとしておけば、伝右衛門は救われるのか？」

苦しげな友の顔など見て見ぬふりで、容赦なく久通は問い返す。

「…………」

「いましばらくそっとしておいて、伝右衛門が自ら生きる気力を取り戻すのを待つ。確かにそれも、一つの治療であろう。だが、それでは些《いささ》か、ときがかかりすぎる、とは思わぬか？」

「え？」

「それに、そっとしておいたからといって、伝右衛門が確実に立ち直ってくれるという保証はない。違うか？」

「…………」

「のう、新三郎、そなたら医師たちは、病人の命を救うため、さまざまな治療をおこなうものと思うが、主に、薬を処方し、日々その経過を診る、ということ以外に、どのような治療法がある？」

「え？」

「お前は本道《ほんどう》の医師だが、長崎に留学した際、蘭方の医学も学んだのであろう？」

「ああ」

「では、従来の本道に対して、蘭方は、一体なにが違うのだ？」

「一言で言えば、病根を直接取り除こうとすることかな。……外科手術と言うらしいが」

「その外科手術、もし必要な患者がおれば、お前は自ら施したいと思うか？」

「…………」

「どうだ？」

「あまり自信はないが、どうしても必要とあれば――」

「ならば、いまがそのときだ、新三郎」

「どういう意味だ？」

「死にたがる男に、死ぬなと繰り返し諭《さと》すのは、謂《い》わば薬を処方することだ。だが、その切っ掛けとなった忌まわしい過去と向き合うことは、即ち病根を取り除くことになるとは思わぬか？」

「…………」

「勿論、危険な賭《か》けだ。だが、蘭方の治療法を、お前とて危険な賭けだと思うているのではないのか？」

真っ直ぐな目で問われて、新三郎は答えを躊躇《ためら》った。躊躇ったということは、久通の言葉を肯定しようという己がいるために相違なかった。そうでなければ、

「違う」

と即答できた筈だ。

しばし逡巡する様子を見せてから、

「わかった」

新三郎は意を決して言葉を発した。

「伝右衛門に話してみよう」

「話してくれるか？」

「我ら医師は、患者の病や怪我を治すことはできるが、心の傷まではどうすることもできぬ。すべてを失い、この世になんの未練もなくなっている伝右衛門を、一方的に死ぬなと諭したとして、どうにもならぬということもわかっている。……下手人《げしゅにん》を訴えることで、伝右衛門に女房や息子の仇《かたき》をとらせようというのだな、玄蕃？」

「…………」

「仇がとれると思えば、或いはそれが生きる望みになるのかもしれん、と」

「そこまでは、わからんが」

「兎に角、話してみよう」

「いますぐでなくともよい」

「え？」

「折角、人並みに飯を食ったり、話をしたりするようになったところなのだろう。……様子を見て、お前がいいと思うときに、話してみてくれ。……二、三日したら、また来る」

　そう言い置いて、久通はさっさと養生所をあとにした。

（なんだ、あいつ、自分の言いたいことだけ言って、勝手な奴だ……）

　その背を、半ば呆れ、半ば感心しながら新三郎は見送った。すっかり奉行らしくなった、と思うこともあり、いまなお奉行らしからぬ言動をとることもある。頼りないかと思えば、妙に説得力のあることを言い、周囲を感心させる。つくづく、厄介な男と縁をもったものだと、嘆息まじりに新三郎は思った。

久通とて、外出のたびに襲撃されるとは思っていない。一度失敗すれば、それだけ敵は慎重になる。更に久通の行動に目を光らせ、何時何処に如何なる罠を仕掛けるべきか、懸命に思案するだろう。

そのため、久通は常に監視されることになるだろう、と覚悟していた。

尾行者は、それと気取《けど》られぬよう細心の注意を払いながら、久通のあとを尾行《つ》けるだろう。

「もし俺を尾行する者に気づけば、逆に尾行けて、行き先をつきとめてくれ」

と源助には命じてある。

その上で、三日に一度、養生所へ出向くことにした。

(おかしいな)

久通はすぐそのことに気づいた。

彼のあとを尾行けてくる者が全くいないのである。結局、尾行者を尾行すべく配置された源助が、久通を尾行する格好になっている。

（何故だ？）

そんなことが続くようになると、久通もさすがに首を捻《ひね》らざるを得ない。

或いは、己がつけ狙われているというのは、とんでもない思い違いなのではないか。《百面》のおせんがいまかかりきりになっている仕事というのは、全く別のなにかなのではないか。

しかし、養生所へ足を運ぶこと自体は無駄ではなく、その後新三郎に説得された伝右衛門は騙りの男を訴えることに同意してくれた。

「なにぶん、一年近くも前のことなので、はっきりとは思い出せぬのですが……」

言い訳しつつも、人相書き作りにも協力してくれた。

「本当に、下手人を捕らえることができましょうか？」

弱々しく久通に問うてきた伝右衛門は、実際の年齢は六十そこそこだというのに、七十か、或いは八十過ぎの老爺のようにも見えた。

「ああ、必ず捕らえる」

久通は即答した。老爺《ろうや》の様子があまりに痛ましく、即答するよりほか慰める手だてはなかった。

「偽りを述べて人の金を奪い取るような悪党は、断じて放ってはおけぬ。捕らえねば、こやつはいつまでも同じ罪を犯し続けるであろう。左様な真似は、断じてさせぬ」

更に力強く言い、じっと老爺を見つめ返した。

「そういえば、そちは同朋町で小料理屋を営んでいたそうだの。……俺の知り合いに、居酒屋料理に目のない御仁《ごじん》がおってな、いや、そのお方のおかげで、俺も町屋の料理が好きになった。今度、部下と一緒に行くから、美味《うま》い酒と肴《さかな》を馳走してもらえるか？」

「…………」

伝右衛門はしばらく無言でなにかに耐えている様子だったが、遂に堪《こら》えきれず、両手で顔を被《おお》って嗚咽《おえつ》をもらした。痩せた細い肩が激しく震え、驚いた久通が新三郎を顧みると、

「いいんだ、それで」

穏やかな口調で新三郎は言った。

「おそらく、やっと泣けたのだ。……身投げをし、息を吹き返してからもなお、生きる屍《しかばね》のようだった伝右衛門さんが、これまで押し殺してきた……いや、押し殺されていた感情を漸《ようや》くとき放つことができた。これでいいんだ」

「そ…うか」

戸惑いながらも、久通は肯くよりほかなかった。

やがて仕上がった人相書きの若い男の顔にどこか見覚えのあるような気がすることを不思議に思いつつも、久通は何か一つ、肩の荷を下ろしたような気がした。

（いや、必ず捕らえる、と約束したのだ。捕らえてはじめて、肩の荷が下ろせるのだ）

久通は厳しく己に言い聞かせた。

とはいえ、久通とて暇を持て余しているわけではないので、囮作戦を実行できる日は限られている。

そのすべてを養生所通いにあてるのは不自然だし、不自然な行動は敵に疑念をいだかせることになるので、なるべく避けたい。

養生所以外で、久通にとっての自然な外出先といえば、あとはもう、屋台の買い食いくらいしか思い当たらない。

（今日は、芝明神《しばみょうじん》のだらだら祭にでも行ってみるか）

と思いついたのは、評定所からの帰り際、例によって勘定奉行の柘植長門守に呼び止められる寸前のことである。

「玄蕃殿」

「これは長門守様――」

「このところ、お忙しいご様子じゃな」

「いえ、別にそのようなことは……」

「寄合が終わると、いつもそそくさと帰ってしまわれる」

「………」

長門守の鋭い指摘に、久通は困惑した。

実際、このところ評定所での寄合にはまるで興味がなく、その無為に過ごすときをもっと他のことにあてたい、とばかり思ってきた。長門守と顔を合わせても、通り一遍の挨拶をするだけの素っ気なさである。

年長の長門守は、年齢相応の人格者であるから、久通の無礼を咎めたりはしないが、親しく飲食を供にした微行《おしのび》仲間として、久通の素っ気なさを些か淋しくは感じていた筈だ。

「申し訳…ございませぬ」

気の利いた言い訳を口にすることもできず、久通はただ不器用に頭を下げて詫びた。

「いや、頭をお上げくだされ、玄蕃殿。……そのようなつもりで声をかけたわけではない」

　長門守は慌てて言い募る。

「ただ、ほうぼうより祭り囃子《ばやし》が聞こえてくるこの季節、そろそろ貴殿と祭礼の屋台などご一緒できぬものかと思うてな」

「それは、是非とも――」

　久通は即座に顔をあげ、満面の笑みで長門守に応えた。

「本日、ただいまこれよりでも、ようございますか？」

「本日、ただいまこれよりでござるか？」

　鸚鵡返《おうむがえ》しに問い返しつつ、長門守はさすがに困惑する。いまは、評定所帰りの裃《かみしも》姿である。

　果たして久通はそのことに気づいていないのか。

「いえ、ご都合が悪ければ、明日か明後日でもようございますが……」

「いや、折角ですから本日参りましょうぞ」

「よいのでございますか？」

「もとより、都合が悪ければ、はじめから声をかけはしませせぬぞ」

「では、これよりすぐに出かけませんと。……なにしろ、少々遠いもので」

「しかし、一度屋敷にたち戻りて着替えをいたさねば、このままでは……」

「ああ、でしたら、是非我が役宅へ」

久通は漸く長門守の困惑の理由に気づいて破顔一笑《はがんいっしょう》した。

「長門守様のお屋敷からですと、少々遠回りになりますので」

「さ、左様か――」

「帰りも、我が家にお立ち寄りになられればよろしゅうございます」

「では、そうさせていただこうか」

長門守はすぐに得心した。

これだから、同好の者同士は話が早い。

三

芝明神宮は、徳川《とくがわ》家の菩提寺《ぼだいじ》である三縁山増上寺《さんえんざんぞうじょうじ》のすぐ隣りにある。

伊勢《いせ》神宮と同じく、天照大御神《あまてらすおおみかみ》を主祭神とし、平安の御世に創建された由緒ある社《やしろ》である。古くは飯倉《いいくら》明神宮と呼ばれ、鎌倉《かまくら》の昔には源　頼朝《みなもとのよりとも》公より社地を寄進された。

徳川の世となってからも篤《あつ》く保護され、「関東のお伊勢さま」として多くの人々の信仰を集めている。

だらだら祭とは、その芝明神宮の例祭のことで、祭りのはじまりの日より数えておよそ七日間にわたって続くため、いつしかそう呼ばれるようになったらしい。

例祭としては異例の長さであり、七日のあいだ毎日続くのだから、賑わうのは初日と最終日くらいのもので、あとは比較的人出も少ないのではないか、と久通は期待した。

久通が長門守をともなって行ったこの日は、はじまって四日目くらいの筈だったが境内は、なかなかの人出であった。

「おお、さすがは東のお伊勢さん、なかなかの賑わいですな」

長門守は素直に歓んだが、

（まずいな）

久通は内心気が気ではなかった。

昼過ぎともなると、境内のあちこちに酒を過ごす者が増え始める。酔いがまわれば、大声で喚き騒ぎ、遂には怒鳴り合いにも発展するのだ。

「さすがに、少々騒がしゅうございますな」

「いや、これくらい。……活気があってよろしゅうござる」

事も無げに長門守は破顔《わら》ったが、

「厄介事《やっかいごと》などに巻き込まれては面倒です。少しひやかしたら、参道のほうにまわりましょう。……ここよりは幾分静かなはずです」

眉を顰《ひそ》めて久通は言った。

「玄蕃殿は儂《わし》の身を案じてくださるのかもしれぬが、儂とてこれでも武士のはしくれ。己の身は己で護れまするぞ」

「しかし、長門守様……」

「これ、玄蕃殿、またそのような――」

「あ、いえ、旦那様」

長門守に窘《たしな》められ、久通は慌てて言い直すが、

「どれ、屋台はもう少し先かのう……」

「あ、旦那様……お待ちを！」

久通が止めるのも聞かず、どんどん人混みの中へと歩を進めてしまう長門守を、ハラハラしながら見守るしかない。

「なあ、おい、ハチ公、昨日はなんで来なかったんだよ」

「なんでって、そう毎晩毎晩飲みに出かけたら、かかあにどやされらあ」

「かかあがどうした。尻に敷かれっぱなしじゃねえかよ」

「別に、尻になんぞ、敷かれてねえよ」

「敷かれてるじゃねえか。しっかり、敷かれてやがるんだよ、てめえは」

「うるせえな、この野郎。てめえは毎日、飲み過ぎなんだよ」

「なんだと、この野郎——」

「うるせえからうるせえって言ってんだよ」

益体《やくたい》もない無駄話をしているだけなのに、いつしか不穏な空気が流れ、口汚い罵《のの》り合いがはじまれば、あとはもう、どちらかが手を出すまでの秒読み状態である。

殴り合いのはじまる切っ掛けは、いつも些細なことなのだ。

「お勧めは矢張り天麩羅《てんぷら》ですかな。……なんと、一つ四文とは。これは安い。……魚のすり身は六文か。……では、蓮根《れんこん》と魚のすり身を——」

久通が事前に用意した小銭で、長門守は支払いをし、早速揚げたての天麩羅にかぶりつく。短時間の商売で大勢の客をさばかねばならず、余計な人手もない個人の屋台では、釣り銭が必要となるような支払いは嫌われる。

「熱ッ」

長門守は思わず口走り、顔を顰めるが、一瞬後には忽《たちま》ち、

「だが、美味い」

この上なく幸せそうな顔つきになっていた。

「屋台の天麩羅は、厨《くりや》で揚げられてから席に届くまでしばしのときを要する料理屋のものと違い、文字どおり揚げたてでございますれば、熱さも一入《ひとしお》。気をつけてくださいませ」

「いや、天麩羅は揚げたてに限る。家では、ときに奥が目の前で揚げてくれるものを食べることもあるので、熱々は慣れておりますよ」

「なんと、奥方様が目の前で……」

久通は思わず目を瞠《みは》る。

長門守の屋敷を訪ねた折、その妻女の手料理をふるまわれたことがあるが、八百善の板前が作ったかと思うような絶品料理の数々であった。

(しかし、あれほど料理上手《じょうず》で、おまけに天麩羅まで揚げられる御妻女がありながら、長門守殿は外の料理も求めて止まれぬ。……貪欲《どんよく》なお方だ)

漠然と思いつつ、久通も素早く屋台を物色し、鯵《あじ》と小鰭《こはだ》の寿司にありついた。

酢がきいていて、頗《すこぶ》る美味い。

「おお、寿司も美味そうじゃ」

貪欲な長門守は終始目を輝かせている。

(長門守様に歓んでいただいているようだし、まあ、来てよかったか)

久通も、ホッとひと安堵したその同じ瞬間のことだった。

「なんだと、この野郎ッ!」

唐突に、男の怒声があたりを席巻した。

「もういっぺん、言ってみやがれ!」

「ああ、何度でも言ってやらあ。この、腐《くさ》れひょっとこが! てめなんざ、へっついの火が消えねえようにふうふう吹いてんのがお似合いだぁ」

「冗談もたいがいにしねえと、ぶっ殺すぞ、この野郎ッ」

「ああ、上等だ! やってもらおうじゃねえか!!」

「そんなに死にたきゃ、死にやがれッ」

言うと同時に、半被《はっぴ》姿の男の一人が、言い争う相手の胸倉をグィッと摑みざま、強く押し退けた。

その反動で、男の体は大きく背後に跳び、無防備に戯《たわむ》れている人々の群れの中に乱入する。

「な、なんだ、この野郎！」

「てめえ、なにしやがる！」

唐突な攻撃を食らうことになった周囲の者たち——血の気の多い若い衆らは忽ち目くじらをたて、

「ったく、これだから若い奴らは」

「神様の前で、もう少し行儀よくできないのかね」

「罰《ばち》が当たって死んじまいな」

やや年配の者たちも、揃って厳しい目を向けた。

「この野郎ーッ」

だが、人群れの中に突き飛ばされたその男は、周囲の反感などものともせずに体勢を立て直し、自分を突き飛ばした男に向かってゆく。

「てめえが死ねッ」

半被の男に摑みかかるや、

「うるせえ、このクソがッ」

「クソはてめえだ！」

激しい揉み合いの末、無茶苦茶に振りまわされた半被の男の拳《こぶし》が、相手の顔面に偶然当たる。

どがッ、

「痛ッ」

殴られた男は当然激昂し、半被の男の土手っ腹を強く蹴り上げた。

どずッ、

「痛ッ」

半被の男も咄嗟《とっさ》に腹をおさえて目を白黒させる。

「野郎、畜生ッ」

「ぶっ殺してやる！」

そして再び、激しい掴み合い――。

「おいおい、やめねえか」

「神様の前で、罰が当たるぜ」

「誰か、八丁堀の旦那を呼んで来いよ。そこいらにいなさる筈だ」

「なに、指図してんだよ。てめえが呼んでこいよ」

「なんだと、こらぁ！」

「ああ、やめなさい。こっち側まで喧嘩してどうするんだ」

「ほっとけ、ほっとけ。そんな罰当たりども、じきにくたばるよ」

周囲は、例によって勝手なことを言い合うばかりだ。

(怪我人が出るようなことになっては困る。役目柄、見過ごせぬ)

久通は内心やきもきしながら見守っていたが、

「やいやいやいやいやいーッ」

不意に、高らかな男の声音が周囲を席巻し、先ず見物人を驚かせた。

「こんなに楽しい祭りの日に、神様の目の前で喧嘩なんぞしてやがる馬鹿野郎どもは、一体どこのどいつだぁッ」

頭ごなしの激しい叱責に、摑み合っていた男たちもつと動きを止めてそちらを顧みる。

と、そこへ、恰《あたか》も猿《ましら》の身ごなしで二人の間に割って入る者がいた。まだ若い男である。

「やめろって言ってんだよ」

と言いざま、そいつはそれぞれの摑み合う手を強引に引き離そうとする。

「な、なんだ、てめえはッ」

「なんで邪魔しやがんだよ!」

当然、二人の口からは激しい抗議の声があがる。

強引に割り入った男のおかげか、一瞬にしてあたりは静まり、いよいよ注目が集まった。

見物人たちの耳目《じもく》を充分に意識してか、

「そんなに、おいらの名が知りてえのかい？」

男は充分に間を取り、わざとゆっくり問い返す。

「ふざけんな、てめえッ」

「離せよ、この野郎ッ」

と暴れる二人を辛うじて押さえつつ、

「おっと、そう焦りなさんな、って。いま教えてやるからよ」

そいつは、ここぞとばかりに二人を焦《じ》らすと、

「いいか、よく聞け。喧嘩と聞けば駆けつけて、必ずやめさせるこの兄さんの名は勘太。人呼んで、《煙管《きせる》》の勘太さまだよ」

まるで芝居のような名調子で名乗ってのけた。

藍染《あいぞめ》の長半纏《ながばんてん》の背には、今日も鮮やかに朱色の竜が踊っている。

「煙管の勘太だぁ？」

「誰だい、そいつぁ？」

「知らねえなぁ、そんな野郎」

「ああ、聞いたこともねえや」

腕を摑まれて身動きの自由を奪われながらも、二人は口々に悪態をつく。

「ああ、ジタバタすんなよ、兄さんたち」

だが、勘太は一向動じることなく、

「この勘太さまの目の前で、くだらねえ喧嘩は許さねえぜ」

と得意の台詞《せりふ》を決めるだけだ。

「さあ、こっから先はおいらが相手だ。どうでもくだらねえ喧嘩を続けるってんなら、おいらが相手になってやるから、かかってこいよ」

言い放つなり、二人の体の拘束を解く。

「………」

不意に放たれた二人はともに戸惑い、呆気にとられて勘太を見返した。

「どうなんだよ、え？」

「畜生ッ」

嬲《なぶ》るような口調にカッとなり、一人が勘太に殴りかかると、

「おっと」

それを間一髪《かんいっぱつ》身を沈めて避けつつ、勘太は己の拳を、軽くそいつの鳩尾《みぞおち》へと突き入れた。

「ぐふッ」

軽く見えても、急所に決まったのだ。そいつは激しく噎《む》せ、胸を押さえてその場に蹲《うずくま》る。蹲ったきり、ピクとも動かぬ喧嘩相手を目の当《ま》たりにして、もう一人の男はさすがに尻込みした。

「どうしたい、兄さん？」

勘太はもう一人の男に向き直った。

「あんたはやんなくていいのかい？」

「…………」

男は答えず、気まずげに俯《うつむ》いた。

なにしろ、見物人の耳目はあるし、どこから見ても自分より年下らしい若僧に諭《さと》されているのが恥ずかしい。腹いせに、若僧を殴ってやりたいとは思うものの、若僧のほうが一枚上手《うわて》で、軽くあしらわれれば恥の上塗りだ。

「畜生……」

せいぜい、口中《こうちゅう》で口惜しげに呟くのが精一杯だった。

そして呟くと同時に踵《きびす》を返し、見物人の人集《だか》りを掻き分けて、一目散《いちもくさん》に走り去った。

「おいおい、なにも逃げることたあねえだろうによ」

蹲ったままの男を見下ろしながら勘太が言うと、見物人からドッと嘲笑の声があがる。

「見事なものですな」

ふと耳許《みみもと》に囁かれ、見物人の最前列にいた久通は我に返った。

「あの者、まだ歳若いにもかかわらず、なかなかの技の持ち主と見えまする」

すっかり感心した様子で長門守は言葉を述べたが、久通には正直それどころではない。

「旦那様、斯様《かよう》な場所で無粋かと存じますが、矢張りそれがしはそれがしの役目を果たさねばなりませぬ」

「え？」

「しばし、こちらでお待ちいただけますか」

「ああ、それはかまいませぬが」

という長門守の返答を背中に聞きつつ、久通は歩を踏み出した。

派手な長半纏まで、踏み出せばほんの数歩だ。

「これ、《煙管》の勘太」

その朱色の竜に向かって、久通は無造作に呼びかけた。

「え？」

虚を衝かれた顔で勘太が振り向く。

「見事な手際で喧嘩をおさめてくれたことは、町方として礼を言う。だが——」

「あ！」

久通の顔を見て、勘太は瞬時に思い出したようだ。

「三木の旦那の上役の方ですね！」

「ああ、そうだ」

と肯くなり久通は勘太のその長半纏の襟を掴んでグィッと引き寄せ、

「奉行だ」

耳許に低く囁いた。

「え？」

「奉行の柳生久通だ。見知りおけ」

「…………」

勘太は即ち絶句した。すぐには二の句が継げなかったのは、

(まさか……)

と疑う気持ちが先ず半分。だが、よく考えてみれば、ここでそんな嘘を吐く必要がないことを覚り、では何故微行中の奉行が自分に対して身分を明かしてきたのか、ということへの疑問が半分以上であった。考えるほどに、勘太は混乱する。

それ故勘太は、すぐには返す言葉もなく、ぼんやり久通を見返すばかりだった。僅かに幼さの残るその顔つきを見る限り、腹黒さは感じられない。

(だが、見かけに騙されてはならぬ)

久通は自らを奮い立たせる。

「少し話が聞きたいのだが。…よいか?」

長半纏の襟《えり》から手を離さずに久通は問うた。

「は、はい……」

己を捕らえる久通の膂力《りょりょく》が凄まじいことを瞬時に知った勘太は、易々と従った。

四

しばし後。

久通と勘太、そして長門守の三人は、明神宮の境内を出て石段を下り、参道沿いの茶屋にいた。

久通が勘太に問いかけているあいだ、長門守は黙々と茶を喫し、饅頭《まんじゆう》を食べている。

「では、そちはまこと、なんの見返りも期待せず、ただただ己の欲するままに喧嘩の仲裁をしているというのだな？」

「はい。喧嘩の仲裁で金をもらったことは一度もありません」

「金以外では？」

「え？」

「金以外のものをもらったことはないのか？」

「そりゃ、居酒屋での喧嘩を止めたときには、店の親爺《おやじ》さんに少し酒をおごってもらったりはしましたよ。それと、肴《さかな》も――」

「それが狙いで、喧嘩の仲裁を生業《なりわい》としているのか?」

「ま、まさか……そんなんじゃねえですよ」

「では何故、お前は斯《か》くも都合よく喧嘩の場に居合わせることができるのだ?」

「え?」

「おかしいではないか。以前、三木と居合わせた中橋広小路界隈がそちの地元とすれば、この芝明神は些か——いや、かなり遠いのではないか?」

「………」

「そもそも、煙管職人は居職《いじょく》であるから、外へ出る必要はない。何故本日この場に居合わせたのだ?」

「そりゃあ、お祭りが好きだからですよ。それだけです」

「ただ祭りが好きと言うだけで、毎日芝まで通うておるのか?」

「ええ…まあ」

「煙管職人とはそれほど閑《ひま》なものなのか? それとも、腕が悪いので注文がないのか?」

「そんなことはありやせん。ちゃんと、仕事はしておりやす。注文もあります。寧《むし》ろ腕はいいほうです」

「それでは、腕のよい職人が、毎日祭りに来るほど閑を持て余していると言うのか？」

「それはたまたま、いまは注文が少ねえってだけのことです」

「そのように都合のよいことがあるものか。大方お前は、喧嘩の仲裁をして得る謝礼をあてにし、祭りのあいだは注文を断っているのであろう」

「そんなことはありません！　おいらは、謝礼なんてびた一文もらっちゃおりませんッ」

勘太はたまらず懸命に訴え、

「のう、玄蕃殿、その者、偽りを申しておるようにも見えぬが――」

見かねた長門守がつい口を挟んだ。だが、

「無礼を承知で申し上げますが、旦那様は黙っていてくださいませ。これは、それがしの勤めにござる」

久通は長門守に対しても容赦のない口をきいた。

長門守は黙らざるを得ない。黙って、饅頭とお茶に集中した。

とはいえ、久通ももうそろそろ勘太を放免してやってもいいと思いはじめている。

悪人か悪人でないかは、少し話せばわかることだ。年齢相応の浮薄さはあるものの、なにもかも承知の上で悪事に手を染めているようには到底思えない。

もしそれが、久通の目を欺《あざむ》くための芝居であり、それが見抜けぬようなら、久通には到底町奉行は勤まるまい。

「では、喧嘩の仲裁をすることで、なんらかの金品を得たことは、これまで一度もないと言うのだな？……その、居酒屋の親爺のおごりは別として」

「はい。一度もございやせん」

「まことだな？　偽りではなかろうな？」

「偽りだなんて、滅相もございやせん」

「もし偽りとわかったときには、ただではすまぬぞ」

白洲で、罪人を追いつめるときと同じ口調で久通が言い、厳しく勘太を見据えると、

「天地神明に誓って、偽りなど申しませんッ」

白洲で裁きを下される罪人の如く、勘太は小さく身を竦めた。

「ならば、よい」

一旦は納得したものの、だが久通はなお無意識に首を捻る。

(何故だろう？)

それが自分でもよくわからない。

勘太の言い分を信じてもよい、と思う反面、なにかが気にかかり、勘太の面上から目が離せない。

(こやつ……)

なにが気になるのかを確認するため、久通は更に凝視する。

「あ、あの、あっしの顔になにか？」

凝視する久通の視線が少しく怖かったのだろう。勘太は恐る恐る問い返した。

(顔？　そうだ、顔だ)

忽然と、久通は悟る。

(この顔だ……)

見覚えがあったのだ。

もとより、一度は会っているのだから、見覚えがあって当然なのだが、そのときの見覚えではない。寧《むし》ろ、そのときの見覚えであるならば、勘太本人の顔よりも、彼が纏った長半纏の、その鮮やかな竜の模様の方にこそ、見覚えがあった。勘太の顔は、竜に付随していたようなものだ。

(或いは、三木との初対面のとき以前に、どこかで会っているのか？……或いは、何処かで見かけたことがあるのか？)

これほど派手な装いをしている上、祭りが大好きで片っ端から足を運んでいるのだとすれば、屋台通いの久通が何処かの例祭でその姿を見かけていても不思議はない。

(だが、勘太が喧嘩の仲裁をしたところに俺が居合わせたとすれば、そのことを忘れるとは思えないのだが……)

考えれば考えるほど、わからなくなる。久通は焦れた。と、そこへ、

「のう、玄蕃殿――」

見かねた長門守が、遠慮がちに声をかける。

「ちと、余計な口出しをさせていただいてもかまいませぬかな?」

「はい、なんでしょうか?」

最前、黙っていろ、と頭ごなしの口をきいたことも忘れ、久通は恭《うやうや》しく問い返した。

「貴殿は、その者の顔に見覚えがあり、果たして何時何処で出会うたのだろうと、考えておられる」

「な、何故それを……」

「貴殿のご様子を見ていれば、まあ――」

と、驚く久通に得心顔を見せてから、

「が、いくら考えても、何時何処で出会うたか、思い出せない。或いは、これは己の思い違いではないか。いや、しかし、矢張り気になる。……そういうことではござらぬか？」

「はい、まさしく、そのとおりでございます」

久通は素直に応じる。長門守の洞察力の鋭さに、内心舌を巻きながら。

「なれば、人相書きではござらぬか？」

「え？」

「玄蕃殿は、お勤め柄、日々無数の人相書きを目にしておられよう。そうした人相書きの面相が頭のどこかに残っておられ、その中の一人の顔が、その者に似ているように思われるのではござらぬか？」

「…………」

久通は無言で長門守の温顔《おんがん》を見返した。

（それだ！）

モヤモヤした思いが瞬時に吹っ飛び、一つの人相書きの顔が、久通の脳裡にくっきりと浮かびあがる。

（あの人相書きだ！）

確信を得てから、久通は改めて勘太を熟視した。そして、

（そうだ。この顔だ）

漸くそのことに思い当たると、己の考えが間違っていないかを確かめるために、俯きがちだった勘太の胸倉を摑んでぐい、と顔を上向けさせた。真正面から、更に熟視するためだった。

五

「こ、この男です……」

しばし勘太の顔を凝視した後、伝右衛門は忽ち顔を顰め、声を震わせた。

「この男です。……間違いありません！」

「本当に間違いないか？　人相書きを作る際、もう一年以上の前のこと故、うろ覚えだと言ったのはお前だぞ、伝右衛門」

久通は伝右衛門の震える体を支えつつ、宥《なだ》めるように問いかける。

「いいえ！」

だが伝右衛門は強く首を振った。

「確かに…一から思い出せと言われれば、なかなか思い出せぬところもございましたが、本人が目の前にやって来れば話は別でございます」

激しく強い——一語一語を、目の前の男に向けて叩きつけるような語調であった。

「こやつ……こやつこそ、あの日突然店に現れて、伝次郎が喧嘩に巻き込まれて怪我をした上、番屋にしょっ引かれたなんぞとぬかして、十両を奪っていった騙りの野郎に相違ございませんッ」

「伝右衛門……」

「こ…こいつの、こいつのせいで……伝次郎もお近も……すべて、こいつのせいでございます、お奉行様……」

「申し訳…ありません」

勘太はその場に両手をつき、額《ひたい》を床に擦《こす》りつける。

「あ、あの折は、本当に申し訳ないことをいたしました。……すみません…すみませんでしたッ……」

「詫びればそれですむと思うかぁーッ、てめえのせいで……てめえのせいで……」

伝右衛門の体は、更に激しく震えている。

「こ、こいつを、獄門にしてくださいますよね、お奉行さま。……あたしは、訴えたんですから。訴えたら、必ず捕らえて、獄門台に送ってやる、と約束してくださいましたよね」

「………」

久通は答えなかった。

久通が約束したのは、必ず下手人を捕らえる、というところまでで、獄門台云々《うんぬん》は伝右衛門が勝手に追加した条項だ。それ故答えることができなかったわけだが、額を擦りつけ、全身を震わせて詫びる勘太の姿もまた衝撃的なものだった。

「勘太」

怒りに満ちた伝右衛門の体を支えつつ、久通はその背に呼びかけた。

「お前、何故そんな非道《ひど》いことをしたのだ？　人を騙して金を奪うのが罪だと知らなかったわけではあるまい？」

「し、知らなかったんです」

勘太は必死に言い募った。

「だ、騙して…金を奪うのが目的だったなんて、知らなかったんです」

「黙れッ」

伝右衛門の気持ちを慮《おもんぱか》り、久通は頭ごなしに叱責した。

「騙して金を奪うのが目的でないのなら、お前はその日、如何なる目的で伝右衛門の店に行ったのだ？」

「それは……人に頼まれて……」

「よい加減なことを申すな、痴《し》れ者がッ」

「本当です。…世話になった人に、頼まれて、これは人助けだから、って……一刻も早く知らせてやらなきゃいけねえからって……おいらは、仲間うちでは一番足が速ぇもんで……」

「なんと頼まれたのだ？」

「し、下谷同朋町の、『たぬき』って料理屋の息子が、破落戸《ごろつき》の喧嘩に巻き込まれて怪我をした上、とばっちりで番屋にしょっぴかれちまったから、親父さんに知らせてやれ、って」

「ならば、知らせるだけでよかったではないか。何故十両を奪ったのだ」

「怪我した息子を早く医者に診せてやるには、役人に渡す袖の下が要るから、って……おいらは、ただそのとおりに言っただけなんです。信じてくださいッ」

「信じられるわけがなかろう、そのような与太話《よたばなし》。……貴様、罪を逃れたい一心で、咄嗟《とっさ》にそのような作り話を――」

「いいえ、罪を逃れようなどとは夢にも思っておりやせんッ」

額を床に擦りつけたまま、悲痛な叫びを勘太はあげた。

「言われた場所に金を持ってくと、見たこともない奴が待ってて、おいらの手から金を受け取ったんです。『番屋の役人に渡すんじゃねえのかい？』って、おいらは聞きましたが、そいつは黙って立ち去りやがった。…なんか、妙だなと思ったんで、気になって、そのあと、もう一度『たぬき』に行ってみたんです。……そしたら、息子は帰ってきてて、怪我もしてねえみてえで、『なんで騙りに金を渡したんだ！』って、親父さんを責めてました。……それではじめて、騙りの一味に荷担させられたとわかったんです」

「嘘だ！」

甲高《かんだか》い声音を、伝右衛門は張りあげる。

「この、大嘘つき野郎ッ。……知らずに騙りの一味に荷担させられていただと？……寝言ほざくのも大概にしやがれ、この、腐《くさ》れ外道《げどう》がッ」

伝右衛門の吐き出す罵声に力がこもるほどにその小柄な体は激しく震えを増し、久通が支えていてもどうなるかわからない。

「こやつの取り調べは、奉行所にてきっちりおこなうので、あとはこの奉行に任せて、養生なされ」

ゆっくりと、伝右衛門を元の床《とこ》まで戻しつつ、久通は言った。

「ですが、お奉行さまッ」

が、伝右衛門は一向気力を萎えさせることなく、更に激しく怒りを募らせる。

「伝次郎とお近は、こやつのせいで、死んだのですぞ。……こやつが奪ったのは、金だけではございません。お近と伝次郎の……かけがえのない家族の命を奪ったのでございます……こやつが如何に神妙にふるまい、詫びたとて、お近も伝次郎も、生き返りはしないのですぞ」

「…………」

久通は困惑しきって新三郎を見た。

新三郎は新三郎で、

(少し荒療治が過ぎたかな)

と言わんばかりの顔つきで気まずげに口を閉ざしている。

勘太を伝右衛門に会わせてもよいか、と久通が念を押したとき、

「こういうときは多少の荒療治も悪くはあるまい。……近頃伝右衛門は食欲もあり、人ともよく話し、自らまかないの仕事を手伝ったりと、生きる気力も湧いておるよう

だ。かまわんだろう」

とあっさり許可したのは、他ならぬ新三郎である。まさか、ここまで激しく怒りを露《あら》わにするとは思っていなかったのだろう。

第五章　狂気の果て

一

勘太。

天涯孤独の孤児である。捨て子なのか、それとも二親に死別したのか、それすら定かでない。

物心つかぬうちは、身寄りのない子供をあずかってくれる家で育てられたと記憶している。だが、仮親たちの扱いは酷《ひど》く、幼心にも、腹一杯になるまで飯にありついた記憶は終《つい》ぞない。

しかも、五つ六つにもなれば、水汲みや風呂の釜焚きなど、容赦なくこき使われた。

物心ついた後は、ここよりましなところが絶対にある筈だと信じて、その家を飛び出した。

年端《としは》もゆかぬ子供が一人で市中をうろついていれば、大抵はろくなことにならない。世の中には、人並みな情けの心を持った者より、鬼畜のほうが余程多く溢れている。

まだ五つ六つだった勘太に声をかけてきたのは、絵に描いたような極悪人だった。

「腹一杯飯を食わせてやる」

と言われて、なんでもそいつの言うことを聞いた。自分がなにをさせられているのかもわからず、ただただ言いなりになった。

そいつが目をつけた若い娘のあとを必死で尾行《つ》けて、家をつきとめる。そいつに報告する。そのあと、その娘がどうなるのかを想像できるわけもない。そいつの言いなりに小僧としてお店《たな》奉公をする。そいつの指示で、ある晩お店の裏口の戸を開けておく。小僧奉公ができるくらいの年齢になれば、自分がそうすることで、その後そのお店がどういうことになるかの想像はつく。

それ故勘太は、そいつから逃げた。幸い、そいつは間もなく火盗改に捕らえられ、獄門首となった。

(堅気《かたぎ》になるんだ。堅気になって、まっとうに生きるんだ)

十歳になった勘太は、獄門首になった男のヤサに住み着いて、自分が弟子入りできる職人はいないか、懸命に探した。

だが、親兄弟もなく、頼れる親類縁者もない者を弟子にしてくれるお人好しなど、滅多にいない。世の中には、弟子として親方の家に住み込んだその日に親方の家族を殺し、金目の物を奪って逃げるような悪党もいるのだ。身元を保証してくれる身内が一人もいない孤児では、弟子入りなど許されない。

だが、そんな矢先、突然救世主が現れた。

「おめえ、随分と手先が器用だな」

勘太が鑿《のみ》だけで仕上げた木彫りの猫を見て、そのひとは感心してくれた。悪いことはしたくないので、拾った木切れで掌《てのひら》にのるほどの小さな犬や猫を彫り、道端で売る、という商売をしていたのだ。勿論、殆《ほとん》ど売れることはなく、寺子屋にも通わぬ小さな子たちが見に来てくれるばかりだった。

ところが、

「坊主、こういう仕事がしてみてえのかい？」

勘太の猫を手に取った男は、じっと勘太の目を見て問うた。

「してえなら、おいらが仕込んでやらねえでもねえぜ」

年の頃は四十くらいか。以前自分を拾って悪事に利用していた男のことがあるので勘太は少しく警戒したが、その男こそは、勘太が生まれてはじめて出会った、人並みの真人間であった。

「象眼《ぞうがん》て知ってるかい？」

しかも、立派な職人である。

「ぞうがん？」

「ああ、簡単に言やあ、刀の鍔《つば》とか煙管《きせる》みてえなものを作る技術だが、興味はあるか？」

「で、弟子にしてくれるの？」

思わず身を乗り出して勘太は問うた。

「職人になりてえか？」

「うん、なりてえ」

即答であった。

「じゃあ、来な」

事も無げにその男は言い、勘太の驚きがおさまるのを待って即ち歩き出す。

「ま、待って、おじちゃん！」

勘太は慌ててあとを追った。

「おじちゃんじゃなくて、これからはおいらのことを、師匠、って呼ぶんだぜ」

「師匠」

「そうだ。師匠の言うことは絶対だぞ」

「師匠はおいらに、なにをさせたいの？」

「…………」

「女の人に悪さしたり、お店に盗みに入ったりするために、おいらを弟子にするんじゃないよね？」

「坊主、お前――」

その男は一瞬驚いて勘太を見たが、すぐに表情を弛《ゆる》めると、

「名はなんてんだ？」

「勘太」

「勘太か。おいらは勘助《かんすけ》だ。名が似てるのも、なにかの縁かもな」

と言い、勘助は優しく笑いかけてくれた。

その日から、勘太は勘助の住む長屋に同居させてもらい、象眼の技術を学ぶこととなった。

「修業は辛《つれ》ぇし、おいらは厳しいぜ。覚悟しな」

と勘助は言い、意味深に笑ったが、実際には、かなり優しい師匠だったと思う。口汚く怒鳴りつけられたことなど、一度もなかった。

勘助との出会いが、勘太を地獄からすくいあげ、人として生きるための道標《みちしるべ》を示してくれた。

「恨みの心を持つんじゃねえぞ、勘太。おめえの境遇なら、てめえを捨てたおやじやおふくろを恨み、てめえよりも運のいい奴を恨んでも仕方ねえ。だがな、恨みの心を持ってるあいだは、てめえも幸せにはなれねえんだぞ」

勘助の言葉は深く勘太の胸に染みた。

師匠であり、勘太にとっては、おそらく父にも等しい存在となった。

祭りの楽しさを教えてくれたのも、勘助だ。仕事終わりで、いつも勘助が連れて行ってくれた町場の社の祭礼が、終生忘れ得ぬ楽しい思い出となった。

「どうだ、楽しいか？」

「はい、師匠。…こんな楽しい場所に来るの、生まれてはじめてです」

勿論、勘太だって祭りくらい知っていたし、縁日に行ったこともある。だが、同じ年頃の子供が親に屋台の菓子や玩具を強請《ねだ》るのを見ると辛くなるばかりで、楽しいと思ったことはない。

師匠の勘助は、いつも気前よく屋台の寿司や駄菓子を買ってくれたから、勘太には夢のような日々だった。

「けどな、世の中にはこんな楽しい祭りをぶち壊す、許せねぇ奴らがいるんだぜ」

「ぶち壊す？」

「よくいるだろ。昼間っから酒食らって、境内で管《くだ》を巻いてるような奴らがよ。ああいう奴らはそもそも祭りに来る資格がねえんだ」

「…………」

「楽しいからって酒飲みすぎて、我を忘れて暴れたり、人に因縁つけたりなんざ、最低な野郎のすることなんだぜ」

「はい」

「勘太は絶対に、そんな野郎にはなるなよ」

「絶対になりません。喧嘩してる馬鹿を見つけたら、それを止める人間になります」

「本当か？」

「はい」

師匠との約束どおり、勘太は祭り好きな若者に育ち、祭りを台無しにするような輩《やから》を見つければ即ちあいだに入ってそれを止めることがすっかり板に付いた。

師匠の勘助から一人前と認められて独立したのは、ほんの数年前のことである。勘助は専《もっぱ》ら、刀の鍔を得意としていたが、勘太は主に煙管を作る職人となった。人殺しの道具よりは、いくらか人のためになるかと考えたのだ。子供の頃、悪党の手先となって何人もの人を不幸にしたことへの、せめてもの罪滅ぼしのつもりだった。

「その勘助という男は、何故見ず知らずのお前を引き取り、弟子にしてくれたのであろうな」

「それは……」

勘太の話を聞き終えたところで、久通はふと勘太に問うた。

勘太自身が最も不思議に思ってきたことを久通から尋ねられ、勘太は一瞬間口ごもったが、

「はっきり訊いたわけじゃねえんですが、師匠は、おいらを弟子にしてくれるまでずっと独《ひと》り身で、親兄弟もいねえようでした」

考えながら、すぐに口を開いた。

「たぶん、おいらと同じ、孤児だったんじゃねえかと思うんです」

「同じ孤児だから、手を差し伸べてくれたというのか？」

「わかりません。……おいらの他にも、親のいねえ子は大勢いたはずですし……」

「訊いてみればよいではないか」

「え？」

「勘助はいまも健在なのであろう？　たまには会いに行ったりせぬのか？　お前にとっては唯一の、身内と呼べる男ではないのか？」

「あ……」

久通の言葉を聞くなり、勘太の顔が見る見る変わった。

「なんだ。その様子では、独立してから、一度も会いに行っておらぬのか？」

「だって、おいら、独立したんですよ。今更、そんな……」

「独立すれば、勘助から受けた恩は消えてなくなるのか？」

「い……いいえ……そ、そんなことはありやせんが……」

「お前は馬鹿ではないのか、勘太。勘助は、お前と同じく天涯孤独の身の上なのであろう？　なれば、盆や正月をともに過ごす家族も縁者もおらぬのだろう。弟子であり、息子も同然のお前が訪ねて行くのは当然だし、酒でも酌《く》みながら、近頃はどのような注文があったとか、どのようなことがあったとか、など、己のことを話せば、勘助も安心するし、歓んでくれよう」

「そ……そうでしょうか？」

「そもそも、盆や正月を一人で過ごすほど淋しいことがあろうか。……では、お前はそのあいだなにをしておるのだ？」

「お、お盆は、親のいねえおいらにはなにもすることがねえんで、普段どおりに仕事をします。師匠もそうしてましたし。……正月は、近所から少し遠いところでも、初《はつ》詣《もうで》に行きやす。大きな社はお祭りみてえに賑やかになるもんで……師匠も、そうしてました」

「では、師匠とともに初詣に行けばよいではないか」

「…………」

「お前はなんと気の利かぬ……」

久通は更に勘太を窘《たしな》めようとして、自分を見返す勘太の目が、悪戯《いたずら》を見つかった童《わらべ》のようであることに気づいて言葉を止めた。

（そうか。親を知らずに育った者は、当たり前の人の情というものを誰からも教えてもらえぬ。……勘太は、勘助と出会い、当たり前の人の道は教えられたかもしれぬが、日々の修業の中で情を知ることはできなかったのだろう）

そう思うと、久通の心は少しく痛んだ。

親が子を慈《いつく》しみ、子が親を慕う、というような、生まれながら人にそなわった感情は、物心つくまでの間に自然と芽生えるものだ。だが、親を知らず、誰にも慈しまれることなく育った者にはそもそもそれが希薄である。

だが、勘太は元々情の薄いたちではない。寧《むし》ろ、溢れるほどの情愛の持ち主だ。これまではそれを発露する機会に恵まれなかっただけのことだ。それ故、久通の言葉に激しく狼狽《うろた》え、見る見る泣きそうな顔になっている。

「と、ともあれ――」

久通は慌てて言葉を継《つ》ぎ、

「ともあれ、伝右衛門の一件でお前に罪がないことを明らかにするには、いま少し、お前の話を聞かねばならぬ」

強引に話題を変えた。

女であれ男であれ、目の前で人に泣かれるのはあまり気持ちのよいものではない。

すると、

「いいえ、とんでもない。おいらに罪がないわけがございません。どうか、ご存分に罰してくださいましっ」

勘太は再びその場に両手をつき、泣くのを堪《こら》えながら言い募る。

「たわけがッ」

久通は思わず激昂した。

「お前一人を罪におとしてすむ話ではないのだッ」

「え？」

「お前に、伝右衛門のところへ金を取りに行くよう命じた者、伝右衛門から奪った金を渡した者、その者共《ものども》らこそが、真の騙《かた》りの一味であろう。そやつらをつきとめ、捕らえねば、本当の下手人《げしゅにん》を捕らえることにはならぬのだ。そんなこともわからぬのか、このクソたわけがッ」

久通の渾身《こんしん》の叱責に、勘太は容易《たやす》く言葉を失い、竦《すく》み上がるばかりであった。町奉行ほど身分の高い武士と会うのは当然はじめてであったが、いままで出会った誰よりも恐ろしい人だ、と勘太は思った。


勘太に伝右衛門の店に行って金を受け取るよう頼んだのは、下谷界隈をシノギとする、目明かしの金蔵《きんぞう》親分という者だった。

好奇心からつい足を踏み入れてしまった賭場《とば》で借りを作り、その金を立て替えてもらったのだと言う。それ故金蔵は恩人で、恩人の言うことは絶対だという勘太の言い分はわかるが、すべてが勘太に恩を売るための詐術《さじゅつ》だったと思えぬこともない。賭場には金蔵の息がかかっており、わざと勘太を負けさせ、負債を追わせるなど朝飯前の筈だ。子供の頃、悪人の手先となって働いていたといっても、勘太は元々善良な生まれつきだ。勘助という人格者によって育てられたおかげで、滅多《めった》に人を疑うこともなくなった。おそらく、自分が金蔵によって嵌《は》められたとは夢にも思っていまい。

犯罪者あがりの者が多く、裏ではどんな商売をしているかわからぬのが、目明かし・岡っ引きと呼ばれる連中だ。

それでも日頃は奉行所の同心・与力に従い、お上の御用を務めている。その目明かしが、騙りの一味に関わっている、というのは久通にとっては、だが相当な驚きであった。

「目明かしになれば、奉行所の動きが筒抜けですからね。それがめあてで進んで目明かしになる悪党も、少なくねえようですよ」

「そうなのか？」

源助の言葉に、久通は更に驚く。

「それがわかってるもんで、真面目な同心・与力の中には目明かしを使うのを嫌うお人もいるそうですよ」

と思いますが……」

「とはいえ、荒尾の旦那が使ってる万治《まんじ》とその手下の甚八《じんぱち》みてえに、真面目に御用を務めてる目明かしもいるわけですから、目明かしの全部が全部悪党ってわけでもねえ
「詳しいな」

久通の表情が目に見えて沈んでいったため、源助は慌てて言い募ったが、

「目明かしが悪党の手先になっているのも問題だが、いまは勘太から金を受け取ったという奴が気になる。金蔵は、勘太を使って金を奪っておきながら、それを自分では受け取っておらぬ」

久通には久通の、別の思案もあるようだった。

「金蔵もまた、一味の手先の一人に過ぎぬのではないか？」

「そうかもしれません。仲間が増えれば増えるほど、その頭数だけ分け前も減ってくわけですから、本来なら、小人数でやるほうがいいに決まってます」

「そのため、勘太のように事情を知らぬ者を巧みに操っておる。事情を知らぬ者には分け前をやる必要がないからな」

「ええ、そのとおりです、旦那。……一味は、目明かしの金蔵を使って、どの家にいくらくれえの金があるかを調べさせた上で、伝右衛門が一人でいるときを狙って金を

取りに行かせてます。日頃から、人を使って伝右衛門の家を見張らせてたんです。かなりの人数が関わってるとみて間違いないでしょう」

「何故それほどの人数を関わらせる必要がある？　分け前が減るばかりだぞ」

「金を取りに行った奴……この場合は勘太ですが、仮に勘太が捕まっても、調べは金蔵のところで止まります。金蔵は奉行所のことを知り抜いた悪達者ですから、なんとでも言い逃れるでしょう。誰か一人が捕まっても、一味があぶり出されることのねぇように、って用心ですよ。きっと、要所要所に、勘太みてえな一味と関わりのねえ奴をかませて、その先を辿れねえようにしてるんです」

「なんと、そこまでの念の入れようか……」

久通はさすがに放心した。

盗みや殺しのように、罪が明らかな犯罪と比べて、比較的軽微な罪とされるのが「騙り」である。たとえ捕らえられても、騙りで得た金品の多寡にかかわらず、最も重くて遠島、大抵は追放か江戸払ですむ。

それでも、罪を問われて刑に服することを嫌い、とことん逃れようとする。

「相当悪賢《わるがしこ》い奴が、考え抜いたことですぜ」

という源助の結論に同意するとともに、一抹のそら恐ろしさすらも久通は感じた。

「それで、おいらはいってえ何をすれば？」

それまで黙って久通と源助の話すのを聞いていた勘太だったが、とうとう我慢できなくなり、口を挟む。

「お前は、先ず金を渡したという男の人相書きを作るのに協力するのだ。人相書きを作ったからといって、捜し出せるかはわからぬが、なにもせぬよりはましだろう。……金を渡した男の顔は、覚えているのだろうな？」

「は、はい、なんとか……」

「頼りないのう。大丈夫か？」

「はいッ」

勘太は元気よく肯《うなず》いてみせる。

その様子に、久通は多少満足した。

「そのあいだに、金蔵の周辺を探ろう。これは源助に任せてよいかな？」

「勿論です」

「金蔵が日々顔を合わせて言葉を交わす者を、すべて調べてもらいたい。その中に、一味の者がおるやもしれぬ」

「わかってます。お任せください」

気さくな笑顔で請け負いつつも、源助は、
《百面》のおせんのほうはどうすんだよ。あれほど大騒ぎしてたくせに。……ったく、手に余ることになってきたり、他に興味が向くと、すぐこうなるんだよ、このひとは――)

と思っている内心を懸命にひた隠した。

久通には、おそらく故意にそうしている、という自覚などない。

ただ、目の前に立ち塞がる問題に、その都度全力で立ち向かっているだけのことだ。

それがわかるから、無条件に協力しようと思えるのだ。

(騙り一味の探索で奔走してるあいだに、自分が《百面》のおせんから狙われるとは夢にも思っちゃいないんだろうな)

源助の知る限り、久通とは常にそういう男である。それ故、町奉行となってからの久通は、危なっかしくて放っておけない。放っておけない、というのは、即ち保護者の気持ちである。

(けど、そうなんだから、仕方ねえ)

それこそが、御庭番という正体がバレてから、久通からなにかと頼りにされる羽目に陥《おちい》った理由そのものなのだが、もとより源助自身は気づいていない。

二

「あやしい奴が、ぞろぞろ出て来ましたぜ、旦那」

源助の働きはさすがに素早い。

目明かしの金蔵に張り付いてから三日ほどで、ほぼ金蔵の日常を把握し、その人脈を明らかなものとした。

「勘太が金を渡した男ですが、有間屋《ありまや》って薬種問屋の手代で、与一《よいち》って野郎です。裏もなけりゃあ、前科もねえ、立派な堅気です」

「堅気か？　金蔵とは、一体どういう繋がりなのだ？」

「金蔵の賭場の常連です。……勘太と同じように賭場で借金作って立て替えてもらった経緯は同じですが、勘太が一度で懲りて二度と賭場には出入りしなくなったのと違って、いまでも通い詰めてて、借金でガチガチらしいんです」

「なるほど。それでいまでも金蔵と繋がりがあるのだな」

「ええ、店に金蔵が来たときには、そりゃ愛想よくしてましたからねぇ」

「他にはどんな者がおる？」

「そうですねぇ。同じ目明かしの親分衆とは、しょっ中飲み歩いたり、矢場で遊んだりしてますが、これは、目明かしの仕事についての相談事とか、当たり障《さわ》りのねえ世間話をしているだけだと思います」

「何故わかる？」

とは久通は聞き返さず、黙って源助の言葉を聞いている。源助の調べは正確で、疑う余地など全くないのだ。

「金蔵がよく立ち寄る「おお田」って泥鰌《どじょう》屋があるんですが、そこの亥八《いはち》って板前は金蔵と昵懇《じっこん》です。泥鰌鍋を食ったあとで、わざわざ厨房まで行って話し込んでますから」

「泥鰌屋の板前か。堅気ではないのか？」

「たぶん、島帰りじゃねえかと思います」

「なに？」

「まともな口入れ屋で相手にされねえような前科者を、雇ってもらえるように口をきいてやるんです。店の主人にも、なにか弱味があるんでしょう。金蔵のような男は、そういう、言いなりにできる者を何人も抱えているはずです」

「なるほど」

「あとは、仕事にもつかずにふらふらしてる破落戸《ごろつき》とか、地回りの三下《さんした》なんかを好きに使ってるようです。使い走りでしょう。いざってとき、使い捨ての駒にもできますからね」

「で、金蔵は、肝心の目明かしとしての働きはどうなのだ？」

久通ははじめてまともな問いを発した。

「それが、金蔵を使ってる南町の海老名《えびな》って同心なんですが、ひでえボンクラって評判でして、金蔵がいねえと、何一つ、まともなお勤めもできねえらしいんです。それで金蔵が出しゃばりやがって、下手人でもねえのにしょっ引いて、拷問まがいの取り調べをしたりと、もうやりたい放題で……」

「南町の海老名か……」

久通はぼんやり口中に呟く。

せめて北町の同心であれば、久通の権限が行き届いたであろうが、南町で無理だ。南町奉行の山村良旺は久通よりもずっと年長である上、町奉行としても大先輩だ。対等な口などきけるわけもないし、なにより山村は、目下で新参者の久通のことなど、歯牙《しが》にもかけてはいまい。

「ボンクラと言うが、どの程度のボンクラなのだ？」

「なんでも、読み書きもろくにできねえとか言われてます」

「まさか」

「なんでも、てめえの名前を書くのがやっとだとか」

「そんな者が、何故同心になれたのだ」

「なれたもなにも、親父の後を継いだだけのことでしょう」

むきになる久通に対して、源助はさすがに呆れ声で答える。

実際、この当時旗本・御家人の劣化は凄《すさ》まじく、読み書きのできぬ者も少なくなかったのだが、久通には初耳であった。

(まさか、我が北町にもそのようなボンクラがいるのではあるまいな?……一度、和倉に聞いてみよう。四書五経を読みこなせ、とまでは言わぬが、いくらなんでも、読み書きくらいはできてもらわねば。……読み書きできず、調書《しらべがき》まで目明かしに代筆させているとしたら、完全な扶持泥棒だ)

という久通の内心を読み取ったわけでもあるまいが、

「まあ、実際に捕り物で下手人をお縄にするのは目明かしとその手先ですし、てめえで捕まえたわけでもねえ下手人の取調べなんて、する気にゃあ、なれねえでしょうし、調書を目明かしが書くことになっても仕方ないんじゃねえですかい」

源助は、まるですっかりお見通しだと言わんばかりの言葉で、久通を慰めた。

「………」

久通はしばし沈黙し、なにか考え込んでいたが、

「罠《わな》を仕掛けるか」

ふと口中に呟いた。

呟いてから改めて、自らの言葉を胸に反芻《はんすう》する。唐突すぎるその発言に、久通自身が少しく驚いていた。

本人が驚いたのだから、当然源助はもっと驚く。しばしの沈黙の後、

「罠、ですか？」

小眉《こまゆ》を顰《ひそ》めつつ、源助は問い返す。

こういう表情でなにか考え込んだ久通が思いつくのは、だいたい突拍子もないことなのだ。それ故、ある程度予想をし、久通が何を言い出しても、驚かぬだけの腹積もりはしておかねばならない。以前にも、似たようなことがあった。

はじめてではないのだから、きっと大丈夫だ。己にそう言い聞かせつつ、

「いってえ、どんな？」

身を乗り出し気味に問うと、

「奴らに、騙りをやらせることはできまいか」

「え？」

咄嗟《とっさ》に理解しかねる久通の言葉に、ただ絶句するしかなかった。

久通は、自らの思案で小さく首を傾げつつ、言葉を継ぐ。

「聞くところによると、騙りは、押し込みや強盗と比べて、一度に奪う額が格段に少ない。せいぜい、十両から二十両といったところが相場だ。……蔵に千両箱が積んであるような大店《おおだな》と違い、小金を貯め込んでいる小商いの店ばかり狙うのは、大金を奪うことが難しいからだと言う」

「ええ、いくらなんでも、千両盗られたら訴えねえわけにはいかねえでしょうが、十両くらいなら、と諦めちまう者が多いんですよ。訴えて、まんまと騙りの口車に乗せられた、と人に知られるほうが恥ずかしいと思うようですね」

「それ故、騙りの一味は、ほぼ毎日のように騙りをせねば、相応の額を稼ぐことはできぬ。押し込みや強盗に比べれば比較的楽な仕事であるため、決してできぬことではない。それ故騙りの被害はあとを絶たぬようだ」

「だから奉行所も、騙りについてはそれほど熱心に探索しちゃあくれねえんでしょう。そりゃ、奴らはやりたい放題ですよ」

「ということは、奴らは常に、カモを探しているということではないか」

「ま、まあ、そうでしょうね」

「それ故、餌を撒《ま》くのだ」

「餌？」

「例えば、何処かに、確実に小金を貯め込んでいる者がいる、と奴らに吹き込み、わざと狙わせる」

「…………」

「奴らが餌に食い付けば、その一部始終を見張り、騙りに加担する者すべて、一人残らず捕らえる——」

「なるほど」

「できると思うか？」

「一人残らず、となりますと、それなりに人数が必要なんじゃねえですかい？」

「人数か……」

「少なくとも、旦那とあっしの二人でできることじゃありませんよ」

「勘太もおるぞ。それに、頼めば玲も来てくれよう」

「旦那とあっしと玲と勘太の四人で、ですか？……玲は兎《と》も角《かく》、勘太はど素人ですぜ。

まともに尾行のできる者が、少なくとも、もう二、三人はいてくれねえと――」

「その尾行の頭数に、俺は入っていないのか？」

「旦那には、無理でしょう」

「何故だ」

「何故って……」

思いがけぬ久通の追及に源助は困惑した。

「俺も頭数に入れろ。微行《おしのび》姿で目立たぬよう編み笠を被《かぶ》れば俺とはわからぬ」

「…………」

しばしの沈黙ののち、

「わかりました」

仕方なく源助は認めたが、

「旦那にもやってもらうとしても、そもそも一味の人数がどれくらいなのか、それがわからねえんですよ。罠を仕掛けて一味をそっくり釣り上げるってんなら、少なくとも、こっちも一味と同じだけの人数はいないと――」

作戦そのものに、難色を示した。

「いまわかっている一味の数は、金蔵と亥八の二名だ。それに比べて、我らはいまのところ四名。……他にも一味の者の面が割れれば、随時人数を増やせばよい」

「増やせるんですかい？」

「証拠が揃ってくれれば、荒尾たちにも手伝ってもらおう」

「荒尾さんたちを巻き込めば、あのおっかねえ筆頭与力の旦那にバレますぜ」

「巧くやる」

「巧くやれますかね？」

「最終的に一味を一網打尽にすればよい話だ。下手人を捕らえるのだから、和倉も文句は言うまい」

自信に満ちた声音で久通は主張したが、全くなんの根拠もない自信に相違なかった。

だがその翌日、久通の計画を根底から覆す事件が起こった。

金蔵が殺され、大川にその死体があがったのである。

三

「どういうことだ？」

薬研堀《やげんぼり》近くの番屋に一歩踏み入るなり、久通は問うた。

番屋の中には運び込まれたばかりの死体があり、その側《かたわ》らには同心の荒尾小五郎と川村恵吾《かわむらけいご》がいる。それぞれの目明かしたちは、死体の発見者に事情を聞いているようだった。

「この者、下谷界隈の御用を務めまする、《車坂《くるまざか》》の金蔵と申します目明かしにございます」

「ああ、知っている」

「え、ご存知なのですか？」

さも意外そうに聞き返したのは川村である。金蔵は南町の同心に使われている目明かしだ。まだ同じ北町の同心が使っている者なら兎も角、南町の目明かしまで知っているとはどういうことだ。

だが、川村よりは多少久通のことを知る荒尾のほうは、それを特段不思議とは思わなかった。

そもそも、久通が狼狽えた様子でここへやって来たということは、殺された金蔵には、なにかがある、ということだ。

「あれなる下手人の申しますには――」

「なに？　あれは下手人なのか？」

速やかに説明しようと言いかけた荒尾の言葉を、だが久通は驚いて遮《さえぎ》った。

万治ら目明かしたちからあれこれ聞かれ、無表情ながらも神妙に答えているのは、年の頃は三十前の、まだ若い男である。血の気の失せた青白い顔色をしているが、なかなかの男前だ。

「死体を見つけた者ではないのか？」

「いいえ。自ら番屋に名乗り出ました下手人でございます。浅草伝法院《あさくさでんぼういん》裏に住む、研《と》ぎ師の政吉《まさきち》と名乗っております」

「浅草の研ぎ師が、何故目明かしの親分を殺したのだ？」

「金蔵くらい長年このお勤めに就いておりますと、いやでも人々の事情に通じてしまいます。勿論、人には知られたくないような事情ですから、知られたほうはたまったものではございません。政吉も、金蔵に弱味を握られ、強請《ゆす》られていたようでございます」

「しかし、金蔵は目明かしの仕事の裏で、賭場を開いていたであろう。賭場の儲けははかりしれぬと聞く。なにも、研ぎ師からまで、金を強請り取らずともよいではないか」

「恐れ入ります。金蔵の賭場のこともご存知でしたか」

と、少しく目を見張ってから、

「金蔵は、政吉から金を強請り取っていたわけではございませぬ」

生真面目《き》な顔つきで荒尾は言葉を継ぐ。

「金蔵は、政吉の弱味につけこんで、人には言えないような汚れ仕事をさせていたようです」

「どんな仕事だ？」

「例えば…大店の御新造《ごしんぞう》や大身《たいしん》の旗本の奥方を誑《たら》すというような不埒《ふらち》な真似をさせておりました」

「誑す？」

「政吉は、あのとおりの男前であります故、声をかけられた女子《おなご》は大抵思いどおりにできるようでございます」

「まさか！　大店の御新造は兎も角、さすがに旗本の奥方は靡《なび》かぬだろう」

「それが、存外武家の女も……」

言いかけて、荒尾はさすがに中途で言葉を止めた。

「と、兎に角、政吉はもうこれ以上、金蔵の言いなりに、女たちに言い寄ることがいやになったそうでして……」

「金蔵は、何故政吉にそんなことをさせていたのだ？」

堅物の荒尾には口にするのも憚《はばか》られる内容を少しは軽くしてやろうと久通は先を促す。

「女たちから、金を強請り取るためでございます。…大店の御新造や御大身の奥方であれば、強請る金の額が違います」

「なんという外道《げどう》だ」

久通の口から、無意識の怒りの言葉が洩れた。

「外道でございます」

荒尾は力強く同意する。

「政吉が申しますには、つい先日、斯様《かよう》にして誑し込み、何度か逢瀬を重ねた末、金蔵の待つ出合茶屋に誘い込みました女が、金蔵から、『旦那に知られたくなければ、百両用意しろ』と脅された途端、懐剣で喉《のど》を突いて自害したそうです。それを、金蔵は己の勤めを利用し、ゆきずりの男に連れ込まれた女が己の操《みさお》をまもるため自害した、ということにして、まんまと死体を旦那の許《もと》へ送り返したそうです」

「亭主はそれで承服したのか？」

「世間体というものがございますれば、承服するよりほかございませぬ。己の妻女が、いくら強引に連れ込まれたとはいえ、出合茶屋で事切れたなどという噂がたてば、家門の恥でございます」

「………」

「ですが政吉は、目の前で女に死なれて、さすがにいやになったそうで……自害することも考えたものの、どうせ死ぬなら、金蔵のような外道を殺して死罪になるほうが、多少は人の役に立てるのではないかと思ったそうです。金蔵のような男は、己の欲のためにたとえ何人死なそうと、この先も悪事を重ねてゆくに違いない。それ故、金蔵を殺して死罪になろうと思ったそうです」

「そ…うか」

久通は苦しげに呻《うめ》くにも似た声を発し、それきりしばし沈黙した。

政吉の覚悟や良し。

金蔵のような外道は、叩けば何十回獄門になってもおかしくないほどの罪を犯しているはずだ。が、そこは巧く身を処し、抜け道を見つけてはまんまと逃れているため、その罪を問うことは難しい。或いは、不可能かもしれない。そんな悪党には、せいぜい、罰が当たるのを待つしかないが、政吉の行為はまさしく、金蔵に天罰を下すものだった。

久通には、政吉の罪を、罪として問うことが、必ずしも正しいとは思えない。金蔵が如何に極悪人であったかを引き合いに出し、できれば、罪一等を減じてやりたい。死罪は赦《ゆる》し、遠島ですませてやりたい。いや、実際のお白洲でも、そうするだろう。それは即座に決めた。だが。

(何故、いまなのだ⁉)

心の奥底から湧き起こる叫びを、どうすることもできなかった。

金蔵が死んで、「騙り」の一味が今後どうなってゆくのか——或いは金蔵が首魁《しゅかい》なので、一味はそのまま瓦解するのか。

その目処《めど》が全くたたぬため、久通はただ途方に暮れるしかなかった。

(せめて、こちらの計画が完遂してからであったなら……)

手懸かりの一つが、確実に潰《つい》えた。

四

金蔵の突然の死に、久通はしばし茫然とした。

「政吉もとんだ真似をしてくれたものだ。よりによって、いまでなくともよいだろうに」

「もしかしたら、消されたのかもしれませんね」

久しぶりで行徳河岸の船宿に顔を見せた玲が、所在なげに窓から外を眺めながら容易ならぬことを言う。

「消された？」

「公儀の隠密に目をつけられたんですよ。そりゃ、消されるでしょうよ」

「じゃあなにか、おいらが金蔵の周辺を嗅ぎ廻ってることが、一味に筒抜けだったたってのか？」

源助はさすがに顔色を変えて玲に詰め寄る。

「筒抜けかどうかはわかりませんけど、派手に動きまわったことは確かなんじゃないですか。素人目にもわかるくらいに――」

「なんだとう！」

「だって源さん、この十年てもの、二八蕎麦《そば》の屋台を担いでただけでしょ。隠密としての勘が、すっかり鈍《なま》っちまったんじゃないんですか」

「そ、そんなわけねえだろうがッ」

むきになって言い返すものの、源助には内心思い当たることがないでもない。

御庭番として誰かを調べる際、彼は常に細心の注意を払う。尾行の際にはしっかりと距離をとり、迂闊《うかつ》に距離を詰めたりしない。万一、探索の途中で正体を見抜かれては、折角の苦労が水の泡となるからだ。

だが今回源助は、相手が町場の者で、公儀隠密の存在など知る由もないだろうとタカをくくり、必要以上に接近した。よりによって同じ店にも入ってしまった。公儀隠密ならば、絶対にしてはならぬ失策である。

「どうやら、思い当たることがおありのようですね」

「…………」

「やめよ、二人とも――」

たまらず久通は口を挟んだ。

「源助はよくやってくれた。ほんの数日のあいだに金蔵の身辺を隈無《くまな》く探り出すなど、御庭番の源助でなくてはできぬことだ」

「旦那……」

「政吉は、やむにやまれぬ事情から、金蔵を殺したのだ。……誰に頼まれたわけでもない。己の意志で殺したのだ」

「政吉が、金蔵に言われて、大店の御新造だの旗本の後家だの、小金持ってそうな年増に片っ端から手を出してたのは事実ですけど、つい最近出合茶屋に連れ込まれた何処かの奥方が、政吉の目の前で自害したなんてのは出鱈目《でたらめ》の作り話ですよ」

「なに！」

「なんだと！」

久通と源助はほぼときを同じくして口走る。

「金蔵が、如何に巧く取り繕《つくろ》ったって、もし本当にそんな理由で奥方が自害したと言われたら、旦那はどうしたって、黙っちゃいないでしょ。……そう思って、江戸じゅうのめぼしい旗本屋敷をまわりましたけど、喪中の家なんて一軒もありませんでしたよ」

「調べて…くれたのか。江戸じゅうの旗本屋敷を……」

久通は驚きと戸惑いの入り混じった顔で玲を見返し、源助はただただ項垂《うなだ》れている。

「政吉は嘘をついてるんです。嘘をついてるってことは、なにか隠してるってことです。本当に自分の意志で金蔵を殺したのか、あやしいもんですよ」

「では、一体どうすればよい？」

「あとは、あたしが引き受けますよ」

「え？」

「目をつけられたと知れて、消されたのだとすれば、金蔵は騙り一味の首領じゃなかったんです」

「ああ、そうだな」

「だったら、また一から洗い直さないと」

「………」

「幸い、もう一人、面の割れてる奴がいましたね。金の受け取り役だった薬種問屋の手代、与一でしたっけ？……。いまでも賭場通いがやめられず、借金で縛られてるような男ですから、たぶん一味はそいつを手放さないでしょう。ですから、そいつを見張ります」

「だが、金蔵が死んだことで、借金はチャラに……」

「なるわけないでしょう。誰が後を引き継ぐのかは知りませんが、賭場のあとを引き継いだ者が引き続き、取り立てに行きますよ。たぶん、一味の息のかかった者になるでしょうが」

「なるほど――」

「それと、源さんが目をつけた板前の……亥八、でしたっけ？」

「『おお田』という泥鰌屋の板前だ」

「そいつの周辺も同時に洗いましょう。あたしにやらせてください」

「え？」

「いえ、いやだと言っても、あたしがやりますよ、旦那」

「よいのか、玲？　お前には、御公儀の仕事もあるだろう。こちらにばかりかかりきりでは、組頭から叱られるのではないか？」

「御公儀の仕事なんです」

「え？」

「実は、このたびめでたく、御公儀の仕事になったんですよ。この騙り一味、どうやら旦那が考えてる以上に蔓延《はびこ》ってるようで、幕府や大名家の御用をつとめるような豪商のご隠居から御大身の旗本、寄進が多くて裕福なお寺のご住職までやられてるんです。……そういう方々は、泣き寝入りなんてしませんからね。密かに寺社奉行様に泣きついて、寺社奉行様からご老中に話がいったってわけです」

「まさか……」

久通はぼんやり呟くが、玲はかまわず言葉を続けた。

「兎も角、この先はあたしたち公儀隠密が引き受けますから、安心してください、旦

「那」

「あたしたち?」

「ええ、あたしの組の者総がかりでやります。なにしろ、一味が全部でどれくらいいるのか見当もつかないんですから、亥八が接触した者すべてを調べなきゃなりません。あたしの組全員でも、足りないかもしれないんですよ」

「…………」

「与一や亥八の線から、すぐに首領まで辿り着くとは思えませんけど、ある程度調べがついたところで、旦那のおっしゃる罠をしかけてみようじゃありませんか」

茫然とする久通に向かって、玲はほんのりと笑みかけた。

「ですからそれまで、源さんはこれまでどおり、旦那のお身のまわりのこと、よろしくお願いしますよ」

「え？」

呆気にとられた源助には、一瞬間玲がなにを言っているのかもわからない。

「なに、ぼんやりしてるんですよ。忘れたんですか？　《百面》のおせんを誘《おび》き出すんでしょう？」

「あ、ああ……忘れちゃいねえよ」

辛うじて源助は応えたが、久通には返す言葉がなかった。

「あれはどうやら俺の思い違いで、別に命を狙われているわけではなさそうだ」

とさり気なく口にできてしまうほど、久通は未だ世故《せこ》に長《た》けていない。それどころか、玲の仕切りで事が進められるということに、源助がどれほど傷ついているか、慮《おもんぱか》ってやる余裕すらなかった。

ただ、自分に向けられた玲の笑顔が、彼女本来の冷笑的なものではなく、いま久通が一番会いたいと思う、同じ顔の妹を思わせるものであることを、心密かに歓んでいた。

公儀隠密の底力を、久通はまもなく、思い知らされることとなった。

伝右衛門の件の際、金の受け取り役を務めた薬種問屋の手代・与一は、金蔵が死んだことで一味の編制が変わったためか、一向《いっこう》誰とも接触する様子がない。虚《むな》しく日が過ぎるばかりである。

「やはり、金蔵が死んだことで、一味から離れたのではないのか？」

「いいえ、一味が与一を手放すわけがありません」

半信半疑の久通に、自信たっぷりの口調で玲は言いきった。

「何故わかる?」

「与一が、前科もなにもない堅気だからですよ。悪党は、堅気を隠れ蓑《みの》にすればなんでもできる、と踏んでますからね。手放すわけがありません」

「そういう…ものなのか?」

「そういうもんですよ。それはそうと——」

玲はつと顔つきと口調を変えて切り出した。

「亥八を、こっちに引き込もうと思うんですが——」

「え?」

久通は最早《もはや》驚くほどの気力もなく、ただ反射的に声をあげるだけだ。

「亥八は、島帰りとはいうものの、元々腕のいい板前で、そもそも遠島になった原因だって、与太者にからまれてた女を助けようとして、誤ってそいつを殺しちまったんです。運の悪い奴なんですよ」

玲は真顔で力説した。

「金蔵に弱味を握られて言いなりになってなきゃ、堅気の暮らしを送りたい、と思ってたに決まってます」

「だが、どうやってこちらに引き込むというのだ?」

「そりゃ、手っ取り早く、色仕掛けで――」

「駄目だ！」

玲が言い終える前に、久通は鋭く言い放った。

「え？」

「色仕掛けなど……そんな真似、させられるわけがないではないか」

「あ、あの…あたしのことを案じてくださってるんですか？」

「他に誰がいる？」

戸惑い気味の玲の問いに、久通は問いを返した。

「色仕掛けっていっても、なにも、その…体を使って、どうこうということでは……」

「か、体を使うなど、以《もっ》ての外《ほか》だッ！」

その刹那、久通は反射的に叫んでいた。

玲が、何処かの誰か、己の知らぬ男に愛想をふりまき、媚《こび》を売る。そのさまを想像すると、即ち玲と同じ顔の女がそうしているように錯覚してしまう。

「いや、それはその……お前なら、色仕掛けなど使わずとも、あやかしの術を用いれば、難無く亥八を意のままにできるのではないかと……」

自らの発言を瞬時に恥じた久通が、しどろもどろに言い募るのを、半ば呆気にとられて玲は聞いていた。

五

下谷摩利支天横町《まりしてんよこちょう》の隅に、古い作りの小さな茶店がある。

『つたや』

と屋号の染め抜かれた暖簾《のれん》もすっかり色褪せ、殆ど読み取れない。

だが、店主が前夜からしっかり仕込んだ稲荷寿司と団子の味が絶品ということで、裏通りでありながら、日のあるうちは客の途切れることがない、という。

店の主人は靖邦《やすくに》という武家あがりの男で、たった一人で店を切り盛りしていた。年の頃は六十がらみ。その歳で家族がなく、天涯孤独らしいところをみると、おそらく前半生になにかよくよくのことがあったのだろうとまわりは想像し、敢えて本人に問うことはなかった。

未だ武士であった頃に人を斬り、その恨みから、家族を皆殺しにされた、というのが多くの者が知る噂である。

家族を喪《うしな》い、心に深い傷を負った靖邦は死に場所を求めて江戸市中を彷徨《さまよ》い、疲れ果てて、行きずりの一軒の茶店にて休息した。

その茶店『つたや』の先代店主が作る稲荷寿司の味に感動し、武士を捨てて自ら弟子入りした。それが、いまから三十年ほど前のことであるらしい。

靖邦は、後継ぎのいなかった先代に気に入られ、やがてそっくり身代を譲られた。その代わり、終生先代とそのご先祖の菩提を弔《とむら》う、という約束だったのだろう。

月命日の墓参を欠かさぬことは勿論、仏壇に向かっての日々の勤行《ごんぎよう》も欠かしていない。閑《ひま》をみては、写経もする。仏壇には先代の位牌一つしか納められていないが、屹度《きつと》心の中では、亡くした妻子の弔いも欠かしてはいないのだろう。少なくとも、彼を知る近所の人々はそう信じていた。

「靖さん、毎日の仕込み、大変だろう」

「まだそんな歳じゃありませんよ」

「小豆《あずき》くらい、いつでも洗ってやるからさ。言っとくれよ」

「お気持ちだけ、ありがたくいただきます」

「たまにはうちにも飲みに来てくれよ、靖さん」

「お言葉に甘えて、今夜うかがいますよ。あたしの好きな鱈昆布《たらこんぶ》、とっておいてくださいよ」

呼びかけられれば、いつでも気さくに言葉を返す。武家あがりの権高《けんだか》さなどは微塵《みじん》もみられない。

毎日訪れる客も含めて、彼の周囲にいる誰もが、靖邦という、過去のある男を愛し、親しんでいた。

靖邦には特段の欲もないから、稼いだ金は即ちコツコツ貯めてゆくだけのことだ。そもそも、使っている暇がない。

三十年来そんな暮らしなので、貯め込んだ金は、優に百両を超えているのではなかろうか、と噂されていた。

百両貯め込んだ老人の一人暮らしの家が、押し込みに狙われていないのも不思議な話だが、靖邦が武家あがりで、かつて人を斬ったことがある、という噂も、そこそこ効いていたのだろう。

「その靖さんが、近頃ぼけてきたんだってよ」

という男の話し声は、店の外まで大きく響いていた。

「あの、靖さんが？　そりゃあ、ねえだろうよ」

相手の男は一笑に付す。

「あんなにしっかりした人がよう。それに、元はお侍だったんだろ」

「お侍だったたあ、関係ねえだろ」

男たちの話し声は、居酒屋の喧騒の中でもひときわ大きく響いていた。

「とにかく、ぼけはじめてることは間違いねえんだよ」

「…………」

「釣り銭を間違えたんだぜえ。いままでそんなことは一度もなかったのに」

「釣り銭を？」

「ああ、昨日も今日も間違えてたってさ」

「昨日も今日もか？」

「あの調子じゃ、たぶん明日も間違えるぜ」

「誰か手伝ってやりゃあいいじゃねえか。日頃靖さん靖さんて馴れ馴れしくしてるくせに、みんな冷てえなぁ」

「いくらなんでも、ただ働きはいやだろう。靖さんも意地張らずに、人雇えばいい話じゃねえか。あんなに流行《はや》ってんだからよう」

「そりゃあそうだな」

と近所に住む大工と居職《いじょく》が縄のれんの飯屋で勝手なことを言い合いながら酒を酌《く》ん

だその数日後、『つたや』に、亡くなった先代の縁者だという若い娘がやって来て、住み込みで働きはじめた。

歳は二十歳。おゆきという名のその娘は、忽《たちま》ち看板娘として客のあいだに知れ渡り、店はいよいよ繁盛することとなった。

そのおゆきが何者かに拐《かどわ》かされ、犯人の使いだという者が身代金を受け取りに現れたのは、その日の八《や》ツ過ぎのことである。

靖邦はおゆきの身を案じ、言われるままに金を渡した。その総額は、小判二十五枚入りの切餅《きりもち》が全部で四つ。即ち、百両であった。

しかし、靖邦が金を渡したその一刻後、七《なな》ツ頃おゆきは無事、店に戻ってきた。新しく出来た近所の小間物屋に簪《かんざし》を見に行っていただけで、拐かされた事実などはない、と言う。

靖邦はまんまと騙りの手口に落ち、百両の金を奪い取られたのだった。

西本願寺《にしほんがんじ》を中心に、その周辺——西は木挽町《こびきちよう》から東は鉄砲洲《てつぽうず》あたりにかけて、大名家の上屋敷中屋敷が多く建ち並び、旗本屋敷も少なくない。

その屋敷は、門構えや広さから察するに、五百石程度の旗本の屋敷であろうと思われた。

だが、いまから二十年以上も前に屋敷の主人は蟄居閉門《ちっきょへいもん》となり、赦《ゆる》されぬまま邸内で死んだ。以後、屋敷は誰の手に渡ることもなく、当然住まう者もいない。

既《すで》に夜も更け、当然人通りは途絶えている。

「旗本屋敷とは考えたな」

「幽霊屋敷の噂もあって、誰も近寄りゃしませんからね」

小さく肩を竦めて源助が応じる。

「一味の首領もここにいると思うか？」

「ええ、是非ともいてもらいてえもんですね。金蔵を尾行けてたとき、一度このあたりで奴を見失ったことがありました。ここへ入ってってたんだとすりゃあ、合点がいきます」

「なんにしても、靖さんから奪った金を最後に受け取った奴が、ここへ入ってってたことは間違いありませんよ」

と、鳥追い姿の玲が口をはさむ。

「そういえば、靖邦が使いの男に渡した切餅だが、よく百両も用意できたな」

「ああ、あの切餅の中身は、こういうときのために隠密が用意してる贋金《にせがね》ですから、ご心配なく——」

「贋金？」

「よくできてるので、ちょっと見ただけじゃわかりません」

「そうか。隠密とはそこまでするものか。用意がよいのう」

「そんなことより、どうします？　まだ見張りますか？」

少しく焦《じ》れた口調で玲が問う。

「いや、もう充分だ。踏み込もう。ご公儀の御庭番衆を、いつまでもこのことだけにかかりきりにしておくわけにはゆかぬ」

久通は答え、自ら裏口の戸に近づいていく。

「間違えないでください。合図は、三回叩いて、少し間をおいてまた二回叩くんですよ」

その耳許に、玲がすかさず念を押す。

「わかってる」

久通は低声で囁き返すと、言われたとおりにした。

トントントン、

最初の三回は素早く叩き、ゆっくり五つ数える程度の間をおいてから、
トーン、トーン、
と今度はゆっくりした間合いで叩く。

それが、玲らが事前に調べた仲間うちの合図だ。

まもなく閂《かんぬき》を外す音がして、裏口の戸はやがて久通の前に開かれる。

「………」

僅かに鯉口《こいぐち》を切りつつ邸内に入る。

入ってすぐのところにいたのは三十がらみの気弱そうな男で、久通を見ると忽《たちま》ち恐怖に戦《おのの》き、竦み上がった。悪の一味の中で、見張りだの出入口の番だのを任されるのは他になんの取り柄もない能無しだ。

「あ……」

その口から、恐怖と驚きを兼ねた叫びが漏れる前に、久通は素早くそいつに近づき、鳩尾《みぞおち》へ肘《ひじ》を突き入れる。

そいつは一瞬で意識を失い、頽《くずお》れた。久通は一顧《いっこ》だにせず、歩を進め出す。六百坪あまりの邸内には、予想した以上の人数がいた。目視できるだけで、ざっと四、五十。

その約半数は侍風体《ふうてい》で、あとの半分は町人風体――おそらく、地回りの身内やら破

落戸だ。

久通は足早に先を急いだ。屋敷の奥に潜んでいるであろう首領とその周辺の真の悪人を逃したくはない。屋敷の周辺は御庭番衆が固めているが、油断はできない。

(いい加減けりをつけねば)

思いつつ、久通を不審な侵入者と認め、

「てめえ!」

と口走りつつ匕首《あいくち》を振り翳《かざ》してくる男を、抜く手も見せず、一刀に斬り捨てた。

源助と玲が、無言で久通のあとに続いている。更に、御庭番の何人かが、塀を乗り越え、四方から邸内に侵入していた。

既に彼方此方《あちこち》で、乱刃入り乱れている。

「野郎ーッ」

怒りの形相で短刀を突き入れてくる男の鳩尾へ柄頭《つかがしら》を突き入れるとともに、倒れかかる後頭部をも柄頭で強か《したた》殴った。斬らずにすませられるものなら、なるべく斬らずにすます。五十人全員を斬るのは、仮に相手がなまくらな腕であっても、そこそこの手間がかかるだろう。そんな手間は、できるだけ省きたい。

後頭部を殴られた男が昏倒して地面に倒れ込む頃には、久通の周囲に大半の用心棒が集まり、十重二十重《とえはたえ》に取り囲んでいる。

「な、なんだ、てめえはッ、ま、町方か！」

「おい、迂闊《うかつ》にかかるな。並の腕ではないぞ」

「なぁに、所詮小人数だ。なにほどのことがあろう」

「な、なんだよ、話が違うじゃねえか。ここが町方や火盗に踏み込まれるなんてこたあ、あり得ねえって言うから……」

「今更、そんな泣き言《ごと》言ってどうすんだ」

同じく雇われている用心棒でも、突然の侵入者に対する反応はさまざまだ。

多少なりとも腕に自信のある者は無駄口をきかず、黙って久通の前に進み出る。

そういう奴は、一応剣の心得があり、すり足で、スッと久通の間合いに入ってくる。

道場で稽古した経験もあるのだろう。素人相手の虚仮威《こけおど》しには使えても、久通には通用しない。その動きをすべて読みきり、悠然と待ち受けている久通と一合も合わせることなく、一刀に斬られる。

「ぎょわッ」

相手は即ち絶命する。

無用に断末魔を長引かせることはしない。的確に、急所を一撃する。

「ぐうげぇ」

「がひぃ……」

そのため、どの断末魔の叫びも比較的短めだ。

「………」

腕に自信のない者は、当然無意識に後退《あとずさ》り、久通の前から去ろうとする。が、去ろうとした先に御庭番が待ち受けていて、

「ぐぅッ」

忍び刀で容赦なく喉《のど》を切られ、絶命した。

庭先には忽ち多数の死体が転がり、それが邪魔で先へ進むのが困難になる前に、久通は屋敷の玄関へと突入した。

式台のあたりにいた浪人風体の男が反応するよりも、久通の切っ尖が、袈裟懸《けさが》けにそいつを両断する。表に配置された者たちよりも、家の中を任された者は矢張り数段上だ。それを瞬時に察した久通は更に己の動きを素早くする必要があった。

玄関から畳敷きの廊下を抜けると、次の間から飛び出してきたのは二人。二人とも、槍を手にしている。

（槍か——）

久通はその場で一旦足を止めて低く身を沈め、しかる後、高く跳躍した。同時に繰り出された槍の穂先が狙うあたりを辛くも避け、避けると同時に身を翻《ひるがえ》して刀を薙《な》いだ。

「げへッ」

「おごぉ」

二人の頸動脈を同時に襲うためだった。

それぞれ、激しく血を飛沫《しぶ》かせて即死——。

(矢張り、首領に近づくほど、手強くなるな)

思いつつ、久通は進む。

源助と玲が、ときに彼の前にまわって露払いをつとめてくれるため、雑魚《ざこ》を相手にせずにすむ。それがなにより有り難い。

やがて久通は、屋敷の最奥にある書院の前に立った。最奥の書院は、即ち、屋敷の主人の居間である。主人に対する礼儀と思い、

「北町奉行、柳生久通だ」

久通は短く名乗った。

そして、無遠慮に襖を開け放つ——。

部屋の中にいた者の顔を一瞥した瞬間、久通はしばし絶句したが、

「…………」

「矢張り、お前か──」

すぐ笑顔になって呼びかけた。

それが些《いささ》か意外、というより不満だったのだろう。

「あまり驚かれませぬな、お奉行様」

「まあ、そういうこともあろうかと思うてはいたのでな、宗右衛門」

笑顔の久通から親しげな口調で呼びかけられると、阿波屋宗右衛門は忽ち表情を曇らせた。

六

武家屋敷を武家屋敷たらしめている最も重要な場所が、書院である。

その書院が、全くそれらしくない部屋に作りかえられていた。

畳の上には鮮やかな緋《ひ》の絨毯《じゅうたん》が敷かれ、その上には円卓と椅子。円卓の上には玻《は》璃《り》の容器に入った琥珀《こはく》色の液体と、玻璃の盃《さかずき》が置かれている。さながら、出島《でじま》のオ

ランダ商館の一室といった風情であった。

全部で四脚ある椅子の一つに腰かけたままで、

「何故、そう思われました？」

宗右衛門は久通に問うてきた。

不敵すぎるその表情に内心戸惑いつつも、久通は告げる。

「本来ならば、お前が女の人相書き作りに協力したところで疑うべきだった。……もし、万が一にも人相書きの女が捕らえられれば、お前の嘘が露見するからのう。それ故お前は、絶対に捕らえられる虞《おそれ》のない女の顔を人相書きに書かせた。百の顔を持つ、と言われる女の顔を、な」

「なるほど、噂どおりのご炯眼《けいがん》であられまするな」

「だが、お前の話は大方作り話であろうと半信半疑でいながらも、何故敢《なにゆえあ》えてそんな作り話をせねばならぬのか、そこまではわからなかった。それ故、徳太郎とともに放免した。いつまでも牢に留め置いては、巻き込まれただけの徳太郎が気の毒でもあった故な」

「…………」

「行きずりの女に騙され、金を奪われた愚かな男。そして、それを隠すため、お人好しの幼馴染みを巻き込んで、くだらぬ茶番を企《くわだ》てる、その程度の愚か者、とでも思わせたかったか？」

「…………」

「人相書の女……『百面』のおせんから、金でも強請《ゆす》られていたか？」

「え」

宗右衛門の顔色が、わずかに変わった。あてずっぽうだが、存外図星だったのかもしれない。

(己が金で雇った女に弱みを握られるなど、色香に迷う以上の恥だな)

久通は思ったが、それ以上、そのことで宗右衛門を追及しようとはしなかった。

「だが、仮に、とるに足らない愚か者と思わせることに成功したとしても、長らく悪事を重ねておれば何《いず》れ町方はお前に辿り着く。それとも、まだなにか、己《おの》が罪から逃れる方策があったか？」

一言も答えぬまま久通の言葉を聞く宗右衛門の表情は、だが、そのときどきで嬉しげに微笑《ほほえ》んだり、不敵にほくそ笑んだりと微妙に変化している。側《かたわ》らの燭《しょく》の灯に照らされるその顔はこの上なく醜悪で、久通は思わず目を逸らしたくなった。

そもそも、追いつめられているというのに、その自信満々の不敵な表情はどういうことだ。

（わからぬ。……こやつがなにを考えておるのか、さっぱりわからぬ）

久通はやがて途方に暮れ、

「一体、なにがしたかったのだ？」

深い嘆息とともに、宗右衛門に問うた。

「大店の二代目に生まれて何不自由なく育ち、親から受け継いだ身代を守ってそっくり息子に与えればよいだけのことではないか。何故、斯様に強欲になる必要があったのだ？」

「だからこそでございますよ、お奉行様」

宗右衛門は、不意に甲高い声を張りあげた。

「大店の二代目、何不自由のない暮らし……人はそれを果報と言いますが、手前はそうは思いません、お奉行様」

宗右衛門の口辺に、名状しがたい不気味な笑みが滲んでいる。

「徳太郎のような阿呆《あほう》は、その果報を、果報とも思わずに受け容れ、なんの疑いも抱かぬのでございましょうが、手前は違います」

「なにが違う？」

「己の手で、手に入れたものでなければ、そんなもの、なんの値打ちもございません。金でも女でも、己の才覚で手に入れてこそではありませんか？」

「………」

「手前は、徳太郎とは違います。二代目の座に胡座《あぐら》をかく気もございません。己の手で、己の才覚で、欲しいものはなんでも手に入れるんでござんすよ。それが男の生きざまってもんじゃありませんか」

言い継ぐ宗右衛門の目には、ありありと狂気が宿っている。

「そうですよ。手前は、世の中の富もなにもかも、手前自身の手で、手に入れるんでござんすよ。あーっはははははは……」

「おい、宗右衛門――」

あまりの狂態を見かねて、久通が呼びかけたとき、

「畜生ーッ」

突然の絶叫とともに、宗右衛門は懐《ふところ》から何か取り出すと、それを己の足下へと叩きつけた。

ごぉッ……

弱めの轟音をたてながら、それは毛足の長い絨毯の上で激しく爆《は》ぜ、忽ち炎を噴い

て燃えはじめた。

奥書院からあがった火の手は、ほどなく鎮火した。

御庭番たちの的確な動きもあったし、それからまもなく降り始めた雨のおかげもあったろう。

「土蔵の中は、ご禁制の、異国の品と思われるものでいっぱいでございます」

という報告を受け、久通は直ちに土蔵の検分をした。

土蔵の中は、まさしく宝の山であった。

羅紗《ラシャ》や天鵞絨《ビロード》のような南蛮《なんばん》の生地はもとより、見るからに値打ちのありそうな品々で埋め尽くされている。

「抜け荷…ですかね？」

「抜け荷だろうな」

源助の問いかけに、答えるともなく久通は答えた。

(騙りの一味を使って金を集め、その金で抜け荷買いにも手を出していた、ということなのだろうが……)

見たこともないような異国の品々を目の前にして、久通の思考は滞《とどこお》るばかりであった。

(そもそも、これだけの者を手足の如く使い、金を集め、ご禁制の抜け荷に手を出す……それはすべて、宗右衛門が一人で考え、一人で行ったことなのか?)

宗右衛門は、自ら爆発させた爆薬のせいでひどい火傷《やけど》を負ったが、辛うじて一命は取り留めた。

養生所へ運ばせて手当てをさせれば、何《いず》れ快復するだろう。それを待って、厳しく追及しなければならない。

ともあれ、大掛かりな騙りの一味を壊滅させることには成功した。いまはそのことだけを歓ぶべきかもしれない。

(兎も角、ここへ辿り着いたのだ。すべては、ここからなのだ)

久通は、強く己に言い聞かせた。

※

霧が出ていた。

気がつくと、どんどん濃くなってゆき、いまは視界も定かならぬ。

五十歩か、それとも二、三十歩か。

女が、ゆっくりと近づいてくる。それはわかっている。わかっているのに、体が動かない。危機が迫っているのに、全く反応しないのだ。

(あれは刺客だ——)

とわかっているのに、体が動かない。

そこから一歩も動けぬ久通に向かって、女は次第に足を速める。その手に、得物が光っていることだけは見てとれた。

(面妖《おか》しい)

そのときになって、久通ははじめて気づく。女の姿が見えているわけではない。なにか黒っぽい人影が蠢《うごめ》き、自分に向かってくるだけだ。なのに何故久通には、それが女だと思えたのか。

(香りだ)

風上から、馨《かぐわ》しい、麝香《じやこう》に似た芳香が漂ってくるのだ。それ故久通は、己に向かってくるのが女だと思った。だが、身に香を焚きしめているからといって、それだけで女と決めつけてよいのか。

(いや、間違いなく女だ)

久通は確信した。

完全に足音を消し、僅かの息遣いさえ感じさせぬその者の気配は、間違いなく女のものに相違なかった。女の気配だから油断していたわけではない。全く殺気のない、女の気配であったためだ。

そのとき、おそらく久通はなんらかの術にかかったのだろう。

その場に佇立《ちょりつ》したきり、指先を僅かに動かすこともかなわない。

女の気配は、遂に間合いの中へと踏み入ってくる。

(駄目だ。やられる――)

久通が絶望し、諦めた次の瞬間のことだった。

「疾《と》くッ!」

鋭い一喝《いっかつ》が、久通の呪縛を瞬時に解いた。

声にならない声とともに、久通の中に盤踞《ばんきょ》していたそのいやなものが潰《つい》える。すると忽ち四肢《しし》に自由が戻り、刀の柄に手を掛け、鯉口を切り、刀を抜くことができた。

ざさッ……

虚空へ向けて、迷わず振り下ろす。

「ぎゃあーあッ」

悲鳴と共に、首の付け根あたりから激しく血を噴き、その者は絶命した。

すると忽ち霧は晴れ、そこが、最前まで已が普通に往来していた同じ堀端であったことを久通は知る。足下に転がる死体の顔も、はっきり確認することができた。

が、一瞥《いちべつ》するなり、久通はその場に立ち竦んだ。

それは、鳥追い姿の若い女であった。斬られた苦痛に歪められた顔が、さながら悪鬼の形相である。

（まさか、玲？）

見覚えのある着物の柄に驚いた久通が思わず屈《かが》み込んで確認しようとするところへ、

「しっかりしてくださいよ、旦那」

不意に、背後から呼びかけられる。その声は、最前「疾く！」と一喝して、久通を正気に引き戻してくれた同じ声に相違ない。

「あれほど、術にかからないように注意してくださいと言ったのに、あっさりかかっちまって、あぶないところでしたよ」

「すまぬ、玲。おかげで助かった」

茫然と、女の死骸を見下ろしながら、久通は礼を言った。

「これが、《百面》のおせんであろうか？」

「さあ」

女の死骸に視線を落としたままの久通の問いに、玲は曖昧に首を振った。

「元々あたしは、《百面》のおせんなんて女が、本当にこの世にいるなんて思っちゃいませんから――」

「では、あやかしの術を使って俺を殺そうとしたこの女は一体誰だ？」

「何処の誰かは存じませんが、旦那のお命を狙う刺客の一人でしょうよ」

ぶっきらぼうに答えてから、ふと口調を変え、

「そういえば、阿波屋の旦那は、抜け荷の罪で追放になって、お店は闕所《けっしょ》になるようですね」

明らかに久通の反応を窺《うかが》うように問う。

「騙り一味については、残された証拠があまりに少なすぎて、罪には問えなんだ。宗右衛門は、奪った金をすぐに抜け荷の品に変えていたようだ。靖邦から奪った贋金の切餅も含め、多少の金もあるにはあったが、それが何処から奪われたものかを証立《あかしだ》てる手だてはない」

「骨折り損でしたかね」

軽い嘆息をもらしつつ玲は言い、

「いや、俺は、そうは思わぬ」

久通は強く否定した。

「騙りのような罪は、多少悪知恵の働く者ならば誰もが気軽に犯すことができる。宗右衛門が、はじめから返す気もなく、徳太郎から二十両をせしめた件も、当の徳太郎に訴える気がなければ罪にはならぬ。それ故、この先も絶えることはないだろう。だからこそ――」

言いかけて、だが久通は、話している相手の顔をチラッと見てしまうと、忽ち気恥ずかしくなって言葉を止めた。

「だからこそ、なんです？」

「なんでもない。如何に軽微な罪であろうと、この先も決して見過ごしにはせぬ。それだけだ」

気まずげに背《そむ》けた顔から言い捨てて、久通はさっさと歩を進めた。

「ちょっと、旦那――」

呼び止めはしたものの、玲はそれ以上久通を追ってはこなかった。勘の鋭い女だ。久通の不自然な態度から、なにか察するものがあり、それ以上問い詰めるのも不憫《ふびん》に思ったのだろう。

川端柳《かわばたやなぎ》が風に揺れる堀端を、久通はゆっくりと行く。
(だからこそ、町方は、あらゆる悪に目を光らせていなければならぬ)
照れ臭くて、口に出しては言えなかった言葉を、胸深く反芻《はんすう》しながら——。

時代小説
二見時代小説文庫

虎狼《ころう》の企《たくら》み 剣客奉行《けんかくぶぎょう》 柳生久通《やぎゅうひさみち》 4

著者 藤《ふじ》水名子《みなこ》

発行所 株式会社 二見書房
東京都千代田区神田三崎町二―一八―一一
電話 〇三―三五一五―二三一一 [営業]
〇三―三五一五―二三一三 [編集]
振替 〇〇一七〇―四―二六三九

印刷 株式会社 堀内印刷所
製本 株式会社 村上製本所

落丁・乱丁本はお取り替えいたします。
定価は、カバーに表示してあります。

 ISBN978-4-576-20112-2
https://www.futami.co.jp/

藤 水名子

火盗改「剣組」シリーズ

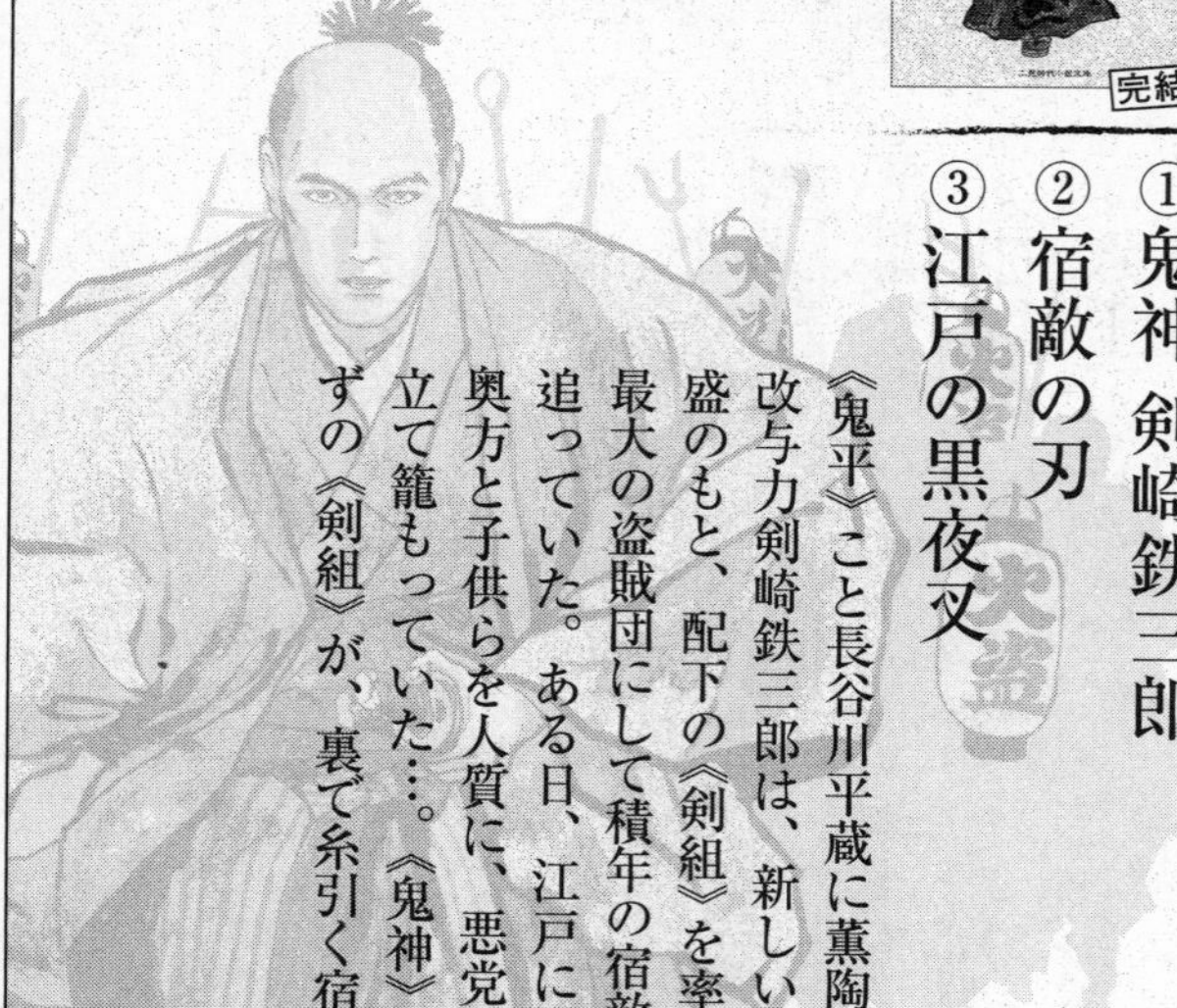

①鬼神 剣崎鉄三郎
②宿敵の刃
③江戸の黒夜叉

《鬼平》こと長谷川平蔵に薫陶を受けた火盗改与力剣崎鉄三郎は、新しいお頭・森山孝盛のもと、配下の《剣組》を率いて、関八州最大の盗賊団にして積年の宿敵《雲竜党》を追っていた。ある日、江戸に戻るとお頭の奥方と子供らを人質に、悪党たちが役宅に立て籠もっていた…。《鬼神》剣崎と命知らずの《剣組》が、裏で糸引く宿敵に迫る！

早見 俊

勘十郎まかり通る シリーズ

① 勘十郎まかり通る 闇太閤の野望
② 盗人の仇討ち
③ 独眼竜を継ぐ者

向坂勘十郎は群がる男たちを睨んだ。空色の小袖、草色の野袴、右手には十文字鑓を肩に担いでいる。六尺近い長身、豊かな髪を茶筅に結い、浅黒く日焼けしているが、鼻筋が通った男前だ。肩で風を切り、威風堂々、大股で歩く様は戦国の世の武芸者のようでもあった。大坂落城から二十年、できたてのお江戸でどえらい漢が大活躍！